KB014532

북한 이주민과 함께 삽니다

남녀북남 연애 정착기

북한 이주민과 함께 삽니다

김이삭 지음

나무발전소

차례

20세기 말까지만 해도 '북한 이주민'이라는 단어는 존재하지 않았다. '남한으로 이주해 온 북한 사람'이라는 개념 자체가 존재하지 않았으니까. 세기가 바뀌었고 세상도 변했다. 현재 남한 내 북한 이주민 숫자는 3만 명이 넘는다.

북한 이주민이 북에서 겪었던 어려움과 탈북 과정, 인신매매 등 '과거'는 미디어를 통해 끊임없이 소환된다. 그러나 한국으로 이주해 온 북한 이주민의 '현재'는 잘 전해지지 않는다.

북한 이주민도 한국에서 연애하고, 결혼하고, 직장에 다닌다. 남한 사람과 연애하고 결혼하는 이도 있다. '남남북녀'라는 말처럼 '남한 남성'과 결혼한 '북한 여성'이 다수지만…. 반면 '남녀북남', 즉 남한 여성과 북한 이주민 남성의 조합(?)은 좀 드물다. 아니, 10년 전까지만 해도 정말 없었다.

"넌 북한 남성을 어떻게 알게 된 거야?"
"남한 남성과 좀 다르지 않아?"

북한 이주민인 민과 연애하는 나를 지인들은 신기하게 여겼다. 나는 솔직하면서도 간단명료하게 답해주었다.

"학교에서."
"딱히 다른 점은 모르겠는데."

민과 결혼하자 질문의 양상이 바뀌었다.

"결혼할 때 너희 집에서 반대 안 했어?"
"시댁은 어때?"

역시나 나는 솔직하면서도 간단명료하게 답해주었다.

"반대 안 했는데."
"시댁? 좋은데."

나는 사생활을 일일이 밝히는 성격이 아니라서 이제껏 자세히 답한 적은 없었다. 문제는 나의 지인들이 나의 반응을 다르게 해석했다는 점이다. 상대가 북한 이주민 남성이라서 답을 꺼리는 것 같다고.

"자세히 말해주기 싫어하는 것 같아서 더는 물어볼 수 없었어."

나도 지인의 고백(?)을 최근에 듣고서야 알았다. 민이 북한 이주민 남성이라서 이야기를 안 한 건 아니었는데 그렇게 오해한 사람들이 있었다고 생각하니 좀 억울한(?) 마음이 들었다. 대학 동기이자 16년 지기 친구가 민과의 연애생활이 어땠는지, 결혼생활은 어떠한지 에세이로 써보라고 했던 것도 그 무렵이었다. 자기도 꼭 읽어보고 싶다며.

에세이? 나는 그 제안을 듣고 난 후 한참 고민했다. 솔직히 말해서 자신이 없었다. 내 삶엔 나만 있는 게 아니니까. 내가 겪은 일만 적더라도 결국 민과 친구들, 그리고 가족의 삶이 언급될 텐데, 그걸 내 마음대로 세상에 드러내도 되는 걸까?

또 누군가는 북한 이주민을 이해하기 위해서 나의 이야기를 읽을지도 모르니까. 민과 그의 가족 혹은 친구들의 모습을 보고 북한 이주민 전체의 모습으로 오해할 수도 있다는 게 걱정되었다. 북한 이주민에 대한 선입견이라도 형성된다면? 나는 결정을 내리지 못했고, 고민은 소설 창작과 번역 업무에 밀려 유예되었다. 그러다가 나와 민의 이야기를 쓰기로 결심하게 된 건 아주 우연한 계기 덕분이었다.

민과 결혼한 뒤 나는 탈북자나 북한 이주민에 관한 신간을 꼬박꼬박 챙겨 보았다. 북한 이주민에 관한 책이 더 많이, 더 다양하게 나오기를 바랐다. 그렇지만 그런 나조차 선호하지 않는 책들이 있다.

하나는 '탈북자 수기'이고, 다른 하나는 '시혜적인 시선으로 기술된 북한 이주민 인터뷰집'이다. 전자는 한국 사회에서 살아가는 북한 이주민의 목소리를 '탈북 서사'에만 고정시킨 데 대한 반감을 갖게 하고, 후자는 타인의 목소리를 듣겠다면서 타인을 '자신보다 낮은 존재'로 여기는 시선이 기만적으로 느껴지기 때문이다.

어느 날 후자에 속하는 책을 읽게 되었다. 시혜를 넘어 무례하기 짝이 없는 책이라 읽고 난 뒤 일주일은 씩씩거렸던 것 같다. 저자는 북한 이주민이 자신의 책을 읽어볼 거라고는 생각하지 않았던 걸까? 그 책을 읽은 인터뷰이의 마음이 어떠할지 생각해 본 적은 있을까? 인터뷰이의 마음을 헤아리고도 그런 글을 썼다면 뻔뻔한 것이고, 헤아리지 못했다면 무신경한 것이다.

그래서 이 책을 쓰기로 했다. 조금은 다른 책을 세상에 내보내 기운 저울을 되돌려놓고 싶다는 마음으로. 나와 민의 이야기가, 우리 가족의 이야기가 사람들에게 닿기를 바라는 마음으로. 나의 이야기를 읽은 북한 이주민이 자신의 삶은 다르다면서 또 다른 목소리를 들려주면 좋겠다는 마음으로. 더 많고 다양한 목소리가 쏟아져 나와 더 이상 나의 이야기로 북한 이주민을 이해하려는 사람이 없기를 바라는 마음으로.

이야기를 펼쳐놓기 전에 지극히 사적인 정보를 먼저 밝힌다.

민과 나는 1980년대 중·후반에 각각 남과 북에서 태어났다. 함경북도 온성군에서 태어난 민은 1997년에 탈북했고, 중국 지린성 연길에서 거주하다가 2005년에 양친과 누나 두 명, 남동생 그리고 사촌 누나 두 명과 함께 한국으로 왔다. 반면 나는 서울에서 태어나고 자랐다. 우리는 대학교에서 만나 5년간의 연애 끝에 결혼했으며 지금은 북한 이주민 2세대인 딸아이를 함께 양육하고 있다.

사생활이 폭로될 수 있는데도(?) 괜찮다면서 열심히 써보라고 응원해 준 가족에게 감사의 말을 전한다.

* 탈북민, 탈북자, 새터민, 북한이탈주민, 북한 이주민 등 다양한 용어가 쓰이고 있지만, 나는 이 글에서 북한 이주민과 탈북자, 이 두 용어만 사용하기로 했다. 여기서 '북한 이주민'은 탈북 후 한국에 입국해 한국 국적을 취득한 사람을, '탈북자'는 탈북한 사람을 가리키는 용어로 쓰인다. 즉 북한에서 벗어난 뒤 중국이나 제3국에 남아 있는 사람은 '북한 이주민'이 아닌 '탈북자'이며, 오늘날 한국에서 살아가고 있는 '북한 이주민'도 과거에는 '탈북자'였던 셈이다. 이 글에서는 두 용어가 서로 다른 개념으로 쓰인다는 점과 어디까지나 내가 임의로 규정한 말일 뿐 통용되는 개념이 아니라는 것을 알려주고 싶다. 참고로 남한으로 건너온 북한 주민을 칭하는 공식 명칭은 '북한이탈주민'이다.

단짠단짠

PART 1

만나서 반갑습니다

덕후의 중문과 진학

나는 장르소설을 쓰거나 중화권 장르소설과 웹소설을 우리말로 옮긴다. 작가 겸 번역가가 업인 셈이다. 출간을 앞두고 출판사에서 작가 소개문을 요청받았을 때, 이렇게 썼다.

홍콩 영화와 중국 드라마, 대만 가수를 덕질하다 덕업일치를 위해 대학에 진학했으며 서강대에서 중국문화와 신문방송을, 동 대학원에서는 중국희곡을 전공했다.

지인들(같이 덕질했던 동지들이나 학교 사람들)은 이 문구를 보고 너답다며 깔깔 웃었다. 분량 제한이 있는 경우를 제외하면 출간할 때마다 꼬박꼬박 이 문구를 넣은 것 같다. 어차피 내가 쓰거나 옮긴 글은 내 경험과 가치관에 영향을 받을 테니까. 내 삶의 축이던 '덕질'이 작가(번역가)로서의 나를 드러내는 지표가 된다고 생각했다.

작가 소개 때문인지 출간기념 서면 인터뷰를 진행할 때 구체적으로 어떤 덕질을 한 거냐는 질문을 받기도 했다. 안타깝게도 나의 길고 긴 덕력(力이 아닌 歷이다.)을 짧게 정리할 수는 없었기에 나는 '최애 계보'와 '본진'만 알려주었다. (지금 나의 본진은 대만의 퀴어 여신이자 중화권 가수인 채의림이다.) 내 덕력을 상세히 소개하려면 열 권짜리 대하소설로도 부족하다.

일단 나는 대학도 덕질로 들어갔다. 홍콩 영화와 중국 드라마, 대만 가수에 빠진 나는 덕질을 위해 중국어와 광동어를 배웠다. 상상해 보라. 한국에서 태어나고 자란 평범한 사람이, 제2외국어라고는 학교에서 배운 프랑스어가 전부인 일반고 학생이 성덕을 꿈꾸면서 중국어를 공부하는 모습을. 덕후 꿈나무는 쑥쑥 자라나 중국어 경시대회에서 상을 탔고, 급기야 중국어 특기자 전형으로 대학에 들어갔다.

해리 포터가 최애인 덕후가 호그와트에 입학했다면 어땠을까? 수업은 곧 덕질이 되고, 다른 학우와의 교류는 동지애를 나누는 시간이 되지 않았을까? 적어도 나는 그랬다.

중고생 시절 덕질에 바빴던 나는 몇 없는 학교 친구들과도 자주 어울리지 않았다. 스스로를 내향인이라고 생각할 정도였다. 그런데 대학 생활이 나를 완전히 바꾸어놓았다. 나는 외향인 중 외향인이었던 것이다. 화제가 샘물처럼 솟아나 쉴 새 없이 떠들어댔고(그 화제를 듣는 이도 즐겼는지는 잘 모르겠다.), 사람을 사귀는 데 주저함이 없었다. 선후배 동기들은 '덕후 동지'이거나 '잠재적 덕후 동지'였으며, 학과 활동은 모두 '덕질'의 연장선이었다. 초·중·고 반장 한 번 해본 적 없던 내가 대학에서는 학과 대표가 되었다!

덕질 대상도 점점 확장되었다. 하나를 파기 시작하면 가지를 뻗어 다른 분야로 이어졌다. 예를 들어서 〈붉은 수수밭〉, 〈패왕별희〉, 〈홍등〉 같은 중국 5세대 감독의 작품을 배우면 4세대 감독의 작품으로, 결국 1세대 감독의 작품까지 역추적하며 계보를 훑었고, 원작 소설을 찾아서 읽거나 경극 수업을 들었다. 전공을 살린 아르바이트를 하겠다며 '상하이 서커스단' 통역을 하다가 갑자기 '연극'과 '뮤지컬'에 푹 빠져 공연계에 몸을 담기도 했다.

연애사 하나 푸는데 인트로가 길게 느껴진다면 조금만 참아달라. 원래 로맨스 드라마 첫 회는 여주인공의 사연으로 채우지 않는가. '쟤네 둘은 어쩌다가 사랑에 빠졌을까?'에서 '어쩌다가'는 여주인공의 입장으로 기술해야 더 재미있는 법이다.

모든 열정을 덕질에 쏟아부었고, 연애에는 관심이 없었다. 로맨스 소설이나 멜로 영화를 보다가 눈물 흘린 적은 있어도 사랑 때문에 운 적은 없었고, 덕질하던 배우의 퇴근길을 기다린 적은 있어도 좋아하는 사람의 주위를 맴돈 적은 없었다. 소개팅이나 미팅보다 개강 총회나 학과 특강이 더 즐거웠고, 누군가와 썸을 타는 시간보다는 다른 덕후들과 덕질 근황을 공유하는 시간이 더 설렜다.

"너 이러다 연애도 못 해보고 졸업하겠다."

이런 말까지 듣기 시작했을 때, 나는 민을 만났다.
그도 나처럼 덕후였다.
비슷하지만 조금은 다른, 나와는 다른 덕질을 하는 사람이었다.

취업준비냐 학과 원어연극이냐, 그것이 문제로다

민을 만난 건 8학기 복학을 앞뒀을 때였다. 이때 많은 일이 있었다. 뮤지컬 스태프로 일하면서 대학원 진학을 준비했던 나는 은사님의 간곡한 만류 끝에 대학원 진학을 포기했다. (당시 모교 중문과엔 대학원 과정이 없었는데 은사님은 돈도 배경도 없고, 심지어 외향적 덕후인 내가 다른 학교에서 고생할까 봐 걱정하셨다.) 그리고 본격적으로 하계 인턴을 준비했다. 갑작스레 취업 전선으로 나서게 된 것이다.

취업 전선.

취업은 정말 전쟁을 방불케 했다. 누구와 싸우는 건지 알 수 없는, 대체 뭘 가지고 싸우는 건지 알 수 없는, 보이지 않는 전쟁이었다.

대학 진학 후 아르바이트나 과외를 쉰 적이 없었지만, 이때만큼은 집에서 용돈을 받으며 생활했다. 취업한 선배들에게서 받은 자기소개서와 금융감독원 전자공시시스템에 올라온 기업보고서를 분석해 자기소개서를 쓰고, (서류 전형에 통과한다는 보장이 없는데도) 인·적성 문제집을 풀면서 시험을 대비했다. 여성 지원자는 토익 성적이 950점은 넘어야 한다는 선배들의 조언에 남녀 차별과 영어지상주의를 욕하면서도 성적을 맞춰놨다.

비정규직인 인턴에게 요구하는 게 왜 이렇게 많은 건지. 인턴은 베타 버전 아닌가? 정식 버전인 취업은 어떻게 해야 할지 앞이 다 깜깜했다. 하지만 하룻강아지 범 무서운 줄 모르는 법이라 취업의 어려움을 겉핥기로 알던 나는 막연하게 붙을 거(?)라고 기대했던 나머지 가고 싶은 기업이 아니면 지원도 하지 않았다. 심지어 학과 원어연극을 도와달라는 요청에 내 처지도 잊은 채 쪼르르 달려가기까지 했다.

처음에는 이름만 팔 생각이었다. 개교 50주년을 맞아서 여는 행사라고, 중문과 예산만 해도 천만 원이 넘는다고, 그런데 처음 해보는 원어연극이라 걱정이 많다고, 네가 기획이라고 하면 믿고 들어오는 애들이 있을 테니 네 이름을 팔아도(?) 되겠냐고, 이름만 걸어놓는 거니까 실무는 하지 않아도 된다는 은사님의 부탁에 흔쾌히 그러시라고 했다. 그런데 두 달이 지나자 다시 전화가 왔다. 연극 연습하는 걸 봤는데 너무 심각하다고, 그래도 네가 기획인데(?!) 직접 와서 보라고 말이다.

이름만 걸어놓는 거라더니? 어쩐지 낚이는 기분이었지만, 일단 오라니 가봤다. 와, 심각하다는 말은 참이었다.

원어연극에 배우로 참여하는 학우는 중국어와 연기를 모두 잘해야 한다. 그런데 연습하는 것을 지켜보니 각자 문제점을 하나씩 안고 있었다. 중국어가 모국어이거나 중국어를 모국어만큼 잘하는 학우들은 연기에 약했고, 중국어를 못하는 학우들은 연기에만 집중한 나머지 발음과 성조, 억양이 엉망이었다. 이들을 이끌어야 하는 연출은 의욕이 넘쳤지만, 연극 경험이 없었고 중국어를 잘하지 못했다.

공연은 한 달 뒤였고, 작품은 중국 유명 작가인 라오서가 쓴 〈찻집〉이었다. 50여 년에 달하는 중국 근현대사를 관통하는 군상극. 처음 하는 원어연극인데 하필이면 골라도 이런 극을 고르다니. 연출을 맡은 후배가 매일 학교 편의점 앞에서 소주를 깐다던데 그 심정이 이해가 갔다.

나는 연습을 지켜보다가 잠깐 밖으로 나가 면접 스터디장에게 전화를 걸었다. 더는 스터디에 참여할 수 없겠다고, 중간에 빠져서 미안하다고 말했다. 그런 뒤에는 신방과 연극 수업에서 인연을 맺었던 배우 선생님에게 연기특

강을 부탁했고, 같이 공연했던 지인들에게는 관련 조언을 구했다. 그나마 다행인 건 학교에서 배정한 원어연극 예산이 넉넉했다는 점 정도였다.

이리저리 머리를 굴려보며 통화를 끝낸 나는 딱 한 달만 시간을 쏟기로 했다. 중문과 원어연극은 교내행사이자 대외행사이기도 하니까. (다른 학교 중문과에서 공연을 보러 오기도 한다.) 애써 준비한 행사인데 비웃음을 사거나 예산을 낭비했다는 소리를 듣게 할 수는 없었다.

그 대가로 나는 몇 주 뒤 면접 탈락이라는 고배를 마셨다. 후회하지는 않았다. 그건 잘못된 선택이 아니라 내가 쌓은 업보였으니까. 덕질로 중문과에 진학했던 내가 공연덕질까지 하면서 차곡차곡 쌓아온, 도저히 피해 갈 수 없었던 업보.

그리고 그 업보 덕분(?)에 민을 만났다.

고향이 어디예요? "북쪽인데요."

비장하게(?) 결심하며 전화통화를 마친 나는 연습실로 돌아갔다가 민을 처음 보았다. 민은 연습에 늦은 지각생임에도 불구하고 이어폰을 꽂고 딴짓까지 하고 있었다. 연출을 맡은 후배에게 쟤는 누구냐고 묻자 후배는 중문과를 복수 전공하는 철학과 학생이라고 답해주었다. 나는 민에게 이어폰을 빼라고 한 뒤 겸사겸사 팀원들에게 주의사항을 일러주었다. 연습할 때 슬리퍼나 하이힐을 신고 오지 않기, 편한 복장으로 오기, 다른 사람이 연습할 때 딴짓하지 말고 함께 보면서 코멘트 해주기 등이었다.

민은 그게 마음에 들지 않았던 모양이다.

그날 뒤풀이 때였다. 민이 내 옆자리에 앉더니 꼬치꼬치 과거를 캐묻기 시작했다. 상대에게 첫눈에 반해 신상을 파악하는, 그런 로맨틱한 전개는 아니었다. (그리고 그건 로맨틱한 전개가 아니라 섬뜩한 스토킹 전개가 아닐까.) 중문과 활동이 처음이라 나를 몰랐던 민에게 나는 굴러온 돌이었다. 이러쿵저러쿵 훈계를 늘어놓는, 심지어 목소리까지 큰 돌. 연극을 한 적은 있는지, 어떤 작품에서 무슨 일을 한 건지, 중국어는 얼마나 잘하는지, 민은 별거 아니라는 듯 질문을 던졌지만 굴러온 돌의 자질과 경험을 확인하려는 게 틀림없었다.

그렇다. 우리의 시작은 혐관(혐오 관계) 로맨스였던 것이다.

민은 내 답을 쭉 듣더니 곧장 꼬리를 내렸다. 지금 와서 생각해 보면 내 경험이라고 해봤자 일천하고 소소한 것뿐이었다. 다만 학부 2학년이었던 민에게는 그 변변찮은 경험이 대단하게 들렸던 것 같다.

다행히 민은 그날 이후로 잘 협업해 주었다. 막상 같이 어울려보니 첫인상과 달리 성실한 친구였다. 중국어도 잘했고 연기도 나쁘지 않았으며 팀원들과도 잘 지냈다. 나는 거의 매일 민을 보았지만, 사실 그와 친해지지는 않았다. 일이 너무 바빴기 때문이다. 내가 민에 관해 아는 건 '삼수한 09학번'이자 '철학과 학생'이라는 것뿐이었다. 그런 그와 사적인 대화를 나눴던 건 연습 기간의 끝 무렵인 무대 제작 기간에 이르러서였다.

원어연극은 조금 애매한 활동이다. '외국어'와 '연극'의 결합이 아닌가. 연극이라고 보기에도 애매하고 어학이나 문학 공부라고 보기에도 애매한, 그렇다고 둘 다 아니라고는 할 수 없는 활동. 다 제대로 해보자니 학과 친목활동에 불과하기도 했다. 그래서 일부 학우를 제외하고는 원어연극에 많은 시간을 할애하는 이가 적었다. 특히 무대제작은 아무도 관심을 기울이지 않는 작업이었다. 말이 무대제작이지 사실상 육체노동이니까. 심지어 당시 무대제작 일정은 중간고사를 코앞에 두고 있었다.

내가 다녔던 학교는 좋게 말하면 학구적인 곳이고, 나쁘게 말하면 성적에 연연하게 만드는 곳이다. 수업 종이 쳤고, 지정좌석제였으며, 일정 횟수 이상 지각이나 결석을 하면 FA라는 학점이 나왔다. FA는 재수강을 해도 지울 수 없었으며 성적표는 집으로 보내졌다. 학사경고라도 받으면 학생은 자신의 양육자를 학교로 데려가 교수와 삼자대면을 해야 했다.

그런 학교에서 중간고사를 앞두고 누가 무대를 만들러 오겠는가? 나도 누가 올 거라고는 기대하지 않았다. 연출과 둘이서 만들겠지. 그런데 놀랍게도 민이 왔다. 솔직히 말해서 '애가 왔다고?' 싶었다. 원어연극에 그렇게 적극적인 사람이라고는 생각해 본 적이 없었기에 민을 다시 보는 계기가 되었다.

나와 민은 무대를 만들면서 이런저런 대화를 나눴다. 처음으로 나누는 일상적인 대화였다. 중문과 수업은 뭘 듣는지, 중국에서 얼마나 살다 왔는지, 원어연극은 재미있는지, 그런 이야기들. 그런데 민의 말을 듣던 중 그의 한국어 발음과 억양이 특이하다고 생각했다. 사투리는 아닌데 조금 묘하게 어색한 지점이 있었다. 그래서 나는 별 생각 없이 물었다.

"고향이 어디예요?"

그는 잠시 당황하더니 이렇게 답했다.

"북쪽인데요."

그때 내가 무슨 생각을 했는지 아는가. '서울은 북쪽이 아닌가?'였다. (대화를 나눴던 장소가 서울이었기에 나는 당연히 서울을 기준점으로 삼았다.) 그런 뒤 머릿속으로 추론을 이어갔다.
'서울보다 북쪽이라는 말인가? 경기 북부? 북쪽이라는 말이 적확한 표현이 되려면 경기 북부 외에는 없는 것 같은데. 그러면 말이 되지. 아니, 말이 되긴 뭐가 돼. 파주나 의정부라고 하면 되지, 저렇게 말하는 사람이 어디에 있나?'

짧은 생각 끝에 나는 민에 대한 결론을 내렸다. 화법이 특이한 애로구나. 아무리 생각해도 특이한 애였다. 그러니 시험공부도 하지 않고 무대제작을 하러 왔다고 단정지었다.

하루는 연극 연습이 끝난 뒤 연극팀 후배와 수다를 떨다가 우스개 삼아 이렇게 말했다.

"무대 만들 때 민한테 고향이 어디냐고 물었거든? 근데 나보고 뭐라는 줄 알아? 북쪽이래. 그게 무슨 말이야. 서울은 북쪽이 아닌가?"

내 말에 후배의 표정이 급변했다. 후배는 조심스럽게 입을 열었다.

"언니, 민 오빠 고향 북쪽 맞아요. 오빠, 새터민이에요."

뭐? 나는 순간 머리를 망치로 얻어맞은 것 같았다.
곧 후회가 몰려왔다. 뭘 후회했냐고? 민과 대화를 나눴던 날에 표정관리를 하지 못했던 걸 후회했다. 나는 오욕칠정이 얼굴에 다 드러나는 사람이다. "북쪽인데요."라고 대답했을 때 민은 내 얼굴에 떠오른 '앤 뭐야?'라는 표정을 보았을 것이다. 나는 '표현이 왜 그래?'라고 생각했지만, 민은 '뭐? 너 탈북자야?'라고 읽었을는지도 몰랐다. 표정에는 주석이 달리지 않으니까.

나는 '북쪽'이 '북한'을 말하는 줄 정말 몰랐다. 북한은 '한민족 국가'나 '통일 국가'라는 어휘를 듣지 않고서야 내 머릿속에 떠올릴 일이 없는 나라였으니까. 당시 내게 북한이란 상상의 공동체도 아닌, 허상의 공동체였다고 할까? 사실 이게 더 문제였을 것이다. 누군가에게는 실재하는 현실임에도, 내가 인식하는 세상에서 '북쪽'은 지워진 존재였으니까.

이 일로 나는 민에게 부채감 비슷한 게 생겼다. 솔직하게 건넨 민의 대답을 무신경하게 받아들인 게 미안하다고나 할까. 며칠 후 나는 "그때 제대로 알아듣지 못해서 미안하다."고 말했고, 민은 "괜찮다."면서 내 사과를 받아줬다.

그 뒤로 나와 민은 부쩍 가까워졌다.

중국문화과에서 만난 사람들

민을 포함해서 내가 중문과에서 만났던 사람들 중에는 '평범'하지 않은 대학생이 많았다. '평범한' 대학생이 뭐냐고? (나도 잘 모르겠지만) 굳이 정의하자면 이런 게 아닐까 싶다.

이성애자이자 비장애인인 중산층 한국인 부모가 있는, 초·중·고를 모두 졸업했으며 이성애자이자 비장애인인 미혼의 한국인 대학생.

이 범주에 속하는 '평범한' 대학생이 얼마나 흔한지는 모르겠다. 일단 한부모 가정에서 자라난 나부터 이 범주에 속하지 않으니까. 내가 중문과에서 만난 사람들 중 상당수는 '평범함'의 범주에 들어가지 않았다. 우리 사회 어디에나 있는 성소수자, 장애인은 물론이고, 외국인, 재중동포, 재일동포, 화교, 이중국적자, 결혼이주민까지…. 누군가에게는 신문기사나 학술논문에서 다룰 법한 대상일지 모르겠지만, 내게는 그저 덕후 동지이거나 잠재적 덕후 동지였다.

우리는 저마다 달랐지만 다르다고 여겨지는 부분이 365일 24시간 내내 다름을 발휘(?)하지는 않았다. 다름은 별 문제가 되지 않았다. 오히려 점심 메뉴가 더 문제였다. 우리는 복잡한 국제관계나 사회문제보다 시험범위나 리포트 주제를 더 걱정했으며, 북한의 핵 도발보다 중간고사나 기말고사를 더 두려워했다.

민이 '북한 이주민'이라는 점은 사실 내게 중요하지 않았다. 내게 중요했던 건 이런 거였다. '중화권에서 살다 왔는가? 중국어를 잘하는가? 중화권 콘텐츠를 잘 아는가? 잘 모른다면, 앞으로 알아갈 의향이 있는가? 나와 함께 덕질할 의사가 있는 사람인가?' 친구든 연인이든 내게는 이런 게 무엇보다 중요한 기준이었다. 하지만 내가 신경 쓰지 않는다고 해서 당사자도 그런 건 아니었다.

한번은 학과 후배가 교내 공연장을 찾았다가 학과 원어연극 연습을 하고 있던 민을 보았다. 당시 민은 머리카락이 절반 정도 없는 변발 분장을 했는데도 송아지처럼 큰 눈망울과 매력적인 목소리 덕분에 후배의 호감을 샀다. (민에 대한 내 감상을 말하는 게 아니다. 당시 후배가 꼽았던 민의 매력이다.) 민에게 반한 후배는 내게 소개팅을 부탁했고, 나는 민에게 소개팅 의사를 물었다.

"근데… 그분은 제가 북한 이주민이라는 걸 아나요?"

민이 조심스레 반문했다. 마치 북한 이주민이라는 게 하자라도 되는 것처럼, 미리 양해를 얻지 않으면 안 된다는 것처럼 말이다. 그때 내가 뭐라고 답했는지는 정확하게 기억이 나지 않는데, "그게 뭐 어때서?"라며 대수롭지 않게 넘겼던 것 같다.

지금 와서 생각해 보면 나는 '같음'과 '다름' 중 '같음'에 주목하느라 우리 사회에 엄연히 존재하던 '다름'과 그에 덧씌워진 '차별'을 간과하지 않았나 싶다. 북한 이주민에 국한된 것만은 아니다. 한국에서 태어나고 자란 화교 친구에게도 그랬다. 내가 지원할 수 있는 어떤 기업에 외국인인 화교는 원서도 쓸 수 없다는 걸 알았을 때, 나는 당혹스러웠다. 갑작스레 나타난 듯한 '차이'와 '차별'에 어리둥절했다. 사실은 원래부터 존재했던 건데 나만 뒤늦게 안 거였다.

나는 차별 받는 당사자가 아니었기에 숨겨진 맥락을 예민하게 포착할 수 없었고, 무엇보다 학교라는 울타리 안에 있는 학생이었기에 사회의 차별을 실감하지 못했다. 사람들의 편견만이 문제라고 생각하기도 했다. 진짜 큰 문제는 법이나 제도인 경우가 많았는데도. 그것이 나의 한계였다.

얼마 후에 학과 후배와 민은 소개팅을 했다. 결과는 좋지 않았다. 첫 만남부터 틀어졌다고 할까. '남한 여성'과 '북한 이주민 남성'의 차이를 극복하지 못해서 그런 건 아니었다. 그냥 서로 안 맞아서 그랬을 뿐….

민의 고백

연극 공연이 끝나서 더 이상 얼굴 볼 일이 없는데도 민과 나는 서로에게 문자를 보냈고, 학우들을 모아 다 함께 맥주를 마시기도 했다. 연극 상연을 끝낸 지 한 달 정도 되었을 때, 민이 나를 공연에 초대했다. 알고 보니 민은 원어 연극을 연습하면서 밴드 공연도 준비하고 있었다. 그제야 나는 민을 처음 봤을 때 그가 이어폰을 꽂고 있던 이유를 알게 되었다. 원어연극에 밴드 공연이라니! 불성실해 보였던 모습이 마냥 불성실했던 건 아니었구나.

내가 민의 열정에 감탄하고 있을 때, 같이 밴드 공연을 보러 간 후배는 민의 저의를 의심했다. (후배는 초대받지 않았는데 내가 끌고 갔다.)

"아무래도 언니를 좋아하는 것 같아요. 언니만 초대한 게 이상하지 않아요?"

하지만 나는 연애 쪽으론 전혀 감이 없는 사람이라(원래 로맨스 여주는 연애 눈치가 없는 게 클리셰다.) 무슨 소리를 하는 거냐며 웃어넘겼다.

민이 했던 공연은 학과 소모임에서 하는 정기 발표회였는데, 지하에 있는 작은 공연장에서 무대, 조명, 음향까지 제대로 갖추고 하는 공연이었다. 그것도 술을 마시면서 즐기는 스탠딩 공연. 사람이 오겠는가, 싶었는데 제법 많이 왔다. 삼사 십 명 정도 되는 것 같았다. (취향이 올드한) 나는 시끄러운 곳을 싫어했고 서 있는 건 더더욱 싫어했다. 나는 술집보다 카페, 카페보다 찻집을 더 좋아했고, 콘서트보다 뮤지컬, 뮤지컬보다 연극을 더 좋아했다. 맥주를 마시며 서서 듣는 음악공연은 정말 내 취향이 전혀 아니었다. 괜히 왔다 싶었지만, 일단은 선배로서의 의무감으로 버티기로 했다.

그런데 공연이 진행될수록 저절로 감정이입(?)이 되었다. 나는 속으로 아이고, 아이고, 곡소리까지 내며 들었다. 그때 민은 드럼을 쳤는데 박자가 전혀 맞지 않았다. 연습을 제대로 안 한 건지 다른 연주자와의 합도 엉망이었다. 민이 연거푸 틀리자 기타리스트도 민을 흘깃 보았고, 보컬도 민을 곁눈질했다. 관객들은 웃었던 것 같기도 하다.

민을 바라보던 나는 안타까움과 고마움 그리고 미안함을 느꼈다. 원어연극 연습에 몰두하느라 밴드 공연 연습을 제대로 못 해서 나만 부른 게 아닐까? 차마 동생들에게는 자신의 공연을 보여줄 엄두가 나지 않았을 것 같았다. (연극팀 멤버들은 주로 09학번이나 10학번이었는데, 민은 삼수한 09학번이라 나이가 많은 편이었다.) 나는 연극팀 학우들에게 "민이 멤버로 참여한 밴드 공연을 봤는데 연주를 참 잘하더라!" 라고 선의의 거짓말을 해줘야겠다고 다짐했다.

나중에 알고 보니 연극 연습 때문에 공연 준비를 못 한 게 아니었다. 민은 엄청난 음치이자 박치였다. 그냥 선천적인(?) 문제랄까. 민과 함께 노래방에 갔던 지인들이 그의 노래를 듣고 이렇게 말했다. 이 정도로 못하면 방송 프로그램에 나가도 될 것 같다고.

공연을 보고 난 뒤, 나는 민에게 수고했다며 사탕 한 봉지를 선물로 건넸다. 그 무렵 민은 나와 금연 내기를 하고 있었다. 지나가는 말로 "담배 좀 끊어~"라고 했더니 민이 갑자기 내기를 하자고 했다. 만 원이었는지 밥 한 끼였는지, 별 시답잖은 걸 걸고서. (일종의 그린라이트였던가?) 금단 현상으로 사탕을 먹고 있다는 걸 알았기에, 확실히 끊어 보라며 알사탕을 주었다. 그런데 사탕을 받은 민이 할 말이 있다면서 잠깐 기다려달라고 했다. 굳이 혼자 기다리라니? 둔한 나도 무언가 이상하다는 걸 눈치챘다. 공연을 같이 봤던 후배에게 먼저 가라고 하자 역시 사심이 있는 게 분명하다면서 자리를 비워주었고, 홀로 남은 나는 어색하게 민을 기다렸다.

그가 내게 다가와 한 말은, 고백이었다.

토끼는 토끼굴 근처의 풀을 먹지 않는다

로맨스 소설 키워드 중에 '직진남'이라는 게 있다. 여자 주인공에게 애정공세를 퍼부으면서 직진하는 남자 주인공을 칭하는 말인데, 이렇게 적극적인 캐릭터가 등장하면 로맨스 전개가 빨라지기에 독자로서는 읽는 재미가 더해진다. 하지만 현실과 소설은 다른 법이라 내게 '직진남'은 나를 압박하고 공격하는 적이었다.

가끔 사람들이 열 번 찍어 안 넘어가는 나무가 없다면서 누군가를 좋아하면 적극적으로 마음을 표현하라고 하지 않는가. 하지만 나는 나무가 아니었다. 그건 내게 사랑이 아니라 폭력이었다. 만약 민이 그런 캐릭터였다면, 우리의 이야기는 이쯤에서 끝났을 것이다.

민의 사랑 고백을 받은 나는 한 달 뒤 기말고사가 끝나면 답을 주겠다고 했다. 내 말에 민은 평소처럼 지내면서 얌전히 기다렸다. 그런데 막상 기말고사가 다가오자 내가 불안해졌다. 곧 답을 줘야 하는데 아직도 결정을 내리지 못한 것이다. 평소라면 단호하게 거절했을 테지만 어쩐지 나는 민이 싫지 않았다. 아마 그를 사람으로서 좋아했기 때문일 것이다.

나는 고민 끝에 친한 동기와 후배에게 연애 상담을 했다. 동기는 내 말을 듣더니 4학번이나 높은 선배가 후배의 마음을 가지고 논다면서 나를 비난했다. 한 달이나 기다려야 하는 민이 불쌍하다고도 했다. 그러고는 낄낄 웃으면서 이런저런 조언을 해주었다. 딱히 통찰력이 엿보이는 조언은 아니었지만, 동기가 (대충) 던진 말이 내게 큰 깨달음을 주었다.

"졸업 전에 연애 한 번은 해봐야 하지 않겠어? 괜찮은 아이라니 일단 사귀었다가 아니다 싶으면 헤어져. 어차피 곧 졸업이잖아."

처음에는 '이걸 지금 조언이라고 해주는 것인가?'라고 생각했지만, 곰곰이 생각해 보니 영 나쁘지는 않을 것 같았다. 다른 이에게는 어떨지 모르겠지만, 내게는 그러했다. 사실 연애는 해도 그만 안 해도 그만 아닌가. 나만 해도 26년 동안 잘만 살아왔으니까. 다만 한 번 정도는 연애를 해보고 싶었다. 그런데 연애라는 건 기본적으로 둘이 하는 거라 상대가 있어야 하는데 아무랑 할 수 없다는 게 큰 문제였다. 나는 그 상대가 인간적으로 신뢰할 수 있는, 내가 잘 아는 사람이면 좋겠다고 생각했다.

근데 문제는 신분이 확실하면서도 인간성도 신뢰할 수 있는, 내가 잘 아는 사람들이 다 학과 사람이라는 점이었다. 중국에 "兔子不吃窝边草(토끼는 토끼굴 근처의 풀을 먹지 않는다.)"라는 말이 있다. '자기 터전에서 나쁜 짓을 하는 사람은 없다.' 혹은 '자기 터전에서 나쁜 짓을 하면 안 된다.'는 뜻인데, 요즘에는 '생활 반경이 같은 이와는 사귀지 않는다.'는 뜻으로 자주 쓰인다. 헤어진 캠퍼스 커플의 비극적(?)인 학교생활을 여러 번 보았기에 나는 위의 말에 심히 동의하는 터였다.

민은 철학과 학생이라 나와 소속 학과가 달랐고, 나도 한 학기 뒤면 졸업이었다. 8학기면 정신없이 바쁠 때가 아닌가. 민과 사귀다가 헤어지더라도 큰 영향을 받지는 않을 것 같았다. 그리고 민은 남자친구로도 괜찮았다. 두 살 어린 연하남에 성격도 곰살맞았고, 무엇보다 중화권 대중문화를 좋아해 나와 통하는 부분이 많았다. 또한 자신의 부족함을 인정할 줄 알았고, 다른 이에게 가르침을 청할 줄도 아는 성숙한 사람이었다.

아, 외모도 괜찮았지. 변발 분장(!)을 했는데도 매력을 뽐내 다른 이에게 호감을 샀으니 이 부분은 공인된 셈이다. 무엇보다 민은 나를 좋아했다. 이유는 모르겠지만 말이다…. (기 센 여자를 좋아하나?)

나는 다른 곳에서 민과 같은 사람을 만날 수 있을지 그 가능성을 점쳐보았고, 가능성이 제로에 가깝다는 결론을 도출해 냈다. 그래서 민에게 천천히 알아가자고 했다. 사람으로서의 민은 좋지만, 연인으로서의 민은 아직 모르겠다고. 함께 지내다가 잘 맞지 않으면 헤어지자고. 그래도 괜찮냐고 물어봤다. 연인으로서의 내가 어떠한지는 사실 민도 모르니까. 여유를 두고 상대를 알아가야 하는 건 민도 마찬가지라고 생각했다.

민은 내 말에 흔쾌히 알겠다고 답했다. 연애 경험이 없어 무지했던(?) 나는 민과 연인이 되고 나서도 종종 이렇게 말하곤 했다. 이러다가 헤어져도 꼭 전처럼 친하게 지내자고. 쿨하게 예전 사이로 돌아가자고.

우리는 그렇게 연인이 되었다.

혹시라도 나와 민이 격렬한 사랑에 빠졌다고 생각했다면, 실망을 안겨서 정말 미안하다. 로맨스 소설이 이런 식으로 전개된다면 독자의 불만이 폭주했겠지만, 인생은 소설이 아니라서 그럴듯한 개연성 같은 건 없었다.

까치는 까치끼리, 까마귀는 까마귀끼리

내게 남자친구가 생겼다는 소식은 학과에 아주 빠르게 퍼졌다. 대다수의 반응은 "삭형에게 남자친구가 생기다니!"였다. '삭형'은 나의 별명이다. 반면 나와 가장 친한 친구는 아주 뜨끔한 말을 내뱉었다. "네가 주걸륜을 버리고 민을 택하다니!" 주걸륜은 대만 가수로 당시 나의 최애였다.

덕질을 그만둔 건 아니지만 최애와 결혼하겠다며(최애의 의견은 묻지 않았다.) 떠벌리고 다녔기에 틀린 말도 아니었다. 다른 반응도 있었다. 어떤 이는 한참 어린 후배를 꼬신 양심 없는(?) 선배라고도 했고, 어떤 이는 민과 사귀어도 정말 괜찮겠냐고 물었다. 후자는 다른 과 친구이자 민의 선배였는데 학교에서 우연히 마주치자 반갑게 인사하더니 넌지시 민 이야기를 꺼냈다. "걔가 술버릇이 좀…."이라면서 말을 흐리기에 나는 피식 웃었다. 워낙 마당발인 친구라서 온갖 소문을 들었을 터인데 술버릇만 이야기하다니. 나는 그 말을 듣고 오히려 안심했다. 민에게 술버릇 외에 심각한(?) 단점은 없는 것 같았다.

민의 술버릇은 나도 알고 있었다. 민의 술버릇이 뭐냐고? 일단 술에 취하면 사리분별을 못 한다. 예전에 만취한 상태로 커피전문점에 가서 햄버거 세트를 시켰는데 햄버거를 안 판다는 말에 크게 당황하더니 납득하지 못했다. 커피전문점 건너편에 햄버거 가게가 있었는데 아무래도 두 가게를 구분하지 못했던 것 같다. (나도 직접 본 건 아니고 들은 이야기다.) 물론 그게 다는 아니었다. 민은 술에 취하면 하늘을 이불 삼고 땅을 자리 삼으며 산을 베개 삼았다. 정말 아무 데서나 잤다. 버스정류장 벤치에서 잠든 민을 다음 날 아침 지나가던 순경이 발로 차서(?) 깨워줬다고 한다. 쯧쯧.

나 또한 민의 술버릇을 직접 본 적이 있다.

연극팀과 엠티를 갔을 때였다. 다 함께 술을 마시면서 이야기를 나누고 있는데 갑자기 민이 다른 남자애와 주량 대결을 하는 게 아닌가. 실로 같잖고 어처구니가 없었지만, 그냥 내버려두었다. 대학생 때 아니면 언제 또 저런 흑역사를 적립하겠는가. (대신 나는 두 사람에게 소주 비용을 따로 내라고 했다.) 그렇게 두 사람은 소주를 몇 병이나 마셨고, 술에 취해 인사불성이 되어서는 곧장 잠들었다. 다음 날 아침, 연극팀 학우들은 민에게 무슨 술을 그렇게 마시냐면서 한두 마디씩 했고, 술에서 깬 민은 몰래 이불킥이라도 했는지 갑자기 다짐의 말을 내뱉었다. 다시는 이렇게 마시지 않겠다고. 그 뒤로 민은 자신의 다짐을 지켰다. 인사불성이 될 정도로 술을 마시지는 않았다.

확실히 술버릇은 당시 민이 가지고 있던 단점 중 가장 큰 단점이었기에 친구의 반응도 이해할 수 있었다. 내 친구가 저런 술버릇을 가진 사람과 사귄다고 하면 나도 비슷하게 반응했을 거다. 그리고 예상치 못한 반응도 있었다.

학교에서 학과 선배와 후배를 마주쳤을 때였다. 선배가 날 보더니 "남자친구 생겼다며?"라면서 인사를 건넸다. 나는 그렇다며 고개를 끄덕였고, 선배는 "근데 그 친구…" 라고 말을 뱉다가 갑자기 입을 다물었다. 옆에 있던 후배(당시 선배의 여자친구)가 옆구리를 찔렀기 때문이다. 아니, 내 남자친구가 볼드모트도 아닌데 뭘 저렇게 조심스레 군단 말인가.

그때는 '뭐지?' 하고 넘어갔지만 이런 일을 여러 번 겪으면서 선배가 내뱉지 못한 말이 무엇인지 알 수 있었다. 누군가에게는 덕질만 하던 내가 26년 만에 '첫 연애'를 한 것보다 남자친구가 '북한 이주민'이었던 게 더 놀라웠던 거다.

그건 민의 주변 사람도 마찬가지였다. 이때 민은 자신의 일상이나 생각을 노트에 콘티 형식으로 남기곤 했는데, 한 번은 내게 그 노트를 보여줬다. 나는 노트를 훑어보다가 민과 친구들의 대화 장면을 발견했다. 그림 속 친구들은 민에게 질문을 쏟아내고 있었다. 잘 지냈어? 여자친구 생겼다며? 까치래, 까치. 까치라고? 까치 여자친구는 어때? 그림 속 민은 친구들의 질문에 아무 말도 하지 못했다. 나는 민의 머리 위에 적힌 "…"을 보다가 민에게 물었다.

"까치가 무슨 뜻이야?"

민은 '까치는 남한 사람, 까마귀는 북한 사람'을 의미한다고 했다. 북한 이주민이 하는 말 중에 "까치는 까치끼리, 까마귀는 까마귀끼리"라는 표현이 있는데 북한 사람은 북한 사람과, 남한 사람은 남한 사람과 사귀어야 한다고 생각해서 생긴 말이라고 했다. 왜 하필 까치와 까마귀냐고, 그런 은유가 어쩌다 생긴 거냐고 묻자 민도 모르겠다고 했다.

"까치는 수가 많고, 까마귀는 수가 적어서 그런 게 아닐까?"

민은 막연히 추측할 뿐이었다. 나 또한 그림 속 민의 마음을 막연히 추측해 보았다. 그는 왜 친구들의 질문에 어색한 침묵으로 답했을까. 그도 나와 비슷한 경험을 여러 번 했던 거겠지. 누군가에게는 민이 대학에 입학해 처음으로 사귄 여자친구가 '두 살 연상'의 선배라는 것보다 '남한 여성'이라는 게 더 신기했던 것 아닐까?

나와 민은 까치와 까마귀였다. 남들에게 (심지어는 북한 이주민에게도) 우리의 연애는 종(?)을 뛰어넘는 결합처럼 보였나 보다. 우리는 그저 연애를 하고 있을 뿐인데 말이다.

단짠단짠

PART 2

본업은 '연애' 입니다

민과 나

나와 민은 전혀 다르다. 내가 (덕질 한정) 외향형 인간이라면, 그는 (대상 불문) 내향형 인간이다. 내가 내 세상을 넓히기 위해 울타리를 부수고 밖으로 나가는 걸 좋아한다면 민은 예쁘고 튼튼한 울타리를 만들어 경계선에 세우는 걸 좋아한다. 내가 밖에서 가져온 온갖 파편으로 내 세상을 다양하게 채우는 걸 좋아한다면, 민은 울타리 안쪽에 숨어 있는 동식물을 찾아내 정성스레 돌보는 걸 좋아한다. 내가 무언가를 보고 감탄하다가 곧장 다른 곳으로 발걸음을 옮기는 사람이라면, 민은 땅 위에 피어난 작은 꽃을 발견하고는 쭈그려 앉아서 그림으로 남기는 사람이다. 정말 완전히 다르다. 이렇게 다른 사람끼리 어떻게 사귀나 싶을 정도로 다르다.

설명이 너무 추상적이라면 조금 다르게 말해볼까?

나는 관심사가 폭넓은 편이고 새로운 일에 도전하거나 무언가를 배우는 걸 좋아한다. 꽂히면 일단 달려드는 성격이고 여러 일을 동시에 진행하는 걸 좋아해 이런저런 일을 (과도하게) 벌이면서 바쁘게 산다. 반면 민은 자기가 좋아하는 게 생기면, 강한 애착을 보인다. 하나만 파고드는 데다가 느긋하면서도 침착하게 집중한다. 민은 나처럼 다른 곳으로 눈길을 돌리거나 동시에 여러 일을 벌이는 법은 없다. 공백을 견디지 못해 온갖 일을 집어넣는 나와 달리 민은 여백을 즐길 줄 아는 사람이다.

민과 연애를 시작했을 때, 나는 취업을 앞둔 8학기생이었다. 그래서 민과 사귀면서도 전처럼 바쁘게 지냈다. 학교 수업을 들으면서(심지어 21학점이나 들었다.) 기업 분석, 자기소개서, 면접 등 각종 스터디를 병행했고 틈틈이 아르바이트도 했다. 평소처럼 내 할 일 다 하면서 지냈다. "와, 내가 연애를 한다고?!"라고 외치면서 발걸음을 멈출 수는 없었기에 나는 민에게 따로 시간을 내어주지 못했다. 아니, 못 한 게 아니라 안 한 거였다.

데이트라고 해봤자 학교에서 점심을 먹거나 시험기간에 도서관에서 같이 공부하는 정도였다. 그래서 나는 민과의 연애가 오래가지 못할 거라고 생각했다. 호감은 첫 만남에도 생길 수 있지만, 사랑은 시간을 들여서 키워내는 감정이니까. 민을 알아갈 시간도 부족했기에 나는 민과의 연애가 지속될 거라는 확신이 없었다.

하지만 민은 내가 쏟아붓지 못하는 시간을 대신 내어주었다. 내가 자기소개서를 쓰기 위해 카페로 가면 민은 앞자리에 앉아 조용히 자기 일을 했고, 내가 과외를 하러 가면 민도 따라와 주변에서 날 기다려주었다. 될 수 있으면 옆에 있어주었다.

일을 끝내고 나온 뒤 민에게 뭘 하면서 시간을 보냈냐고 물어보면 그는 자기가 관찰한 걸 하나씩 들려주었다. 주변에 길고양이가 있다든지, 곤충을 봤다든지, 저쪽에 있는 옷 가게에서 나랑 잘 어울리는 치마를 봤다든지, 이런 소소한 이야기들 말이다. 가끔은 어울릴 것 같아서 샀다면서 헤어핀을 건네주거나 목마르지 않냐면서 시원한 아메리카노를 주기도 했다.

민이 따라온 적이 없던 일정은 내가 모 기업체에서 수요일마다 했던 중국어 강의뿐인데, 그건 수업시간이 아침 7시였기 때문이다.

민이 나와 비슷한 사람이었다면, 나처럼 분주히 움직이는 사람이었다면, 우리 둘은 현생에 치여 사느라 몇 달 만에 헤어지지 않았을까? 처음에는 나를 좋아하는 마음에 시간을 내어줬을지도 모른다. 하지만 여백을 즐길 줄 아는 이가 아니었다면, 기다림은 일방적인 희생이 되었을 테고, 나를 향한 감정도 조금씩 소모되어 사라졌을 것이다. 절대 안정적인 관계가 될 수 없었을 것이다.

심지어 민은 내게 안정, 그 이상인 안식이 되어주기도 했다. 내가 힘겨운 8학기를 무사히 보낼 수 있었던 것도, 고생 끝에 취업을 할 수 있었던 것도 사실 그의 내조(?) 덕분이었다. 민은 느릿한 만큼 마음의 여유가 많았고, 차분한 만큼 안정적이었다. 내 마음은 초조함과 걱정으로 널뛰듯 급변했지만, 민은 전혀 동요하지 않았으며 묵묵히 옆에 있어주었다. 가끔은 다 잘될 거라면서 (근거는 없지만) 낙천적인 말을 건네주기도 했다.

지금 와서 생각해 보면 민은 인내심이 대단한 사람인 것 같다. 지랄병이 도진 고3을 돌봐주는 양육자 같았다고나 할까. 8학기생이 느끼는 취업 스트레스는 고3이 느끼는 입시 스트레스와 강도가 비슷하니까. 하지만 민은 내 양육자가 아니지 않은가. 나는 나 같은 사람을 절대 견디지 못했을 것이다.

솔직히 연애하기 전에는 이렇게 생각했다. 서로를 바라보는 사랑보다는 같은 곳을 보면서 비슷한 보폭으로 걸어가는, 그런 사랑을 하면 좋겠다고. 그래서 나는 나와 비슷한 사람을 만나야 한다고 생각했다. 지금 와서 생각해 보면 오판이었다. 상황이 좋을 때는 잘 사귀었겠지. 하지만 8학기 때처럼 최악의 상황에서 함께했다면? 몇 주도 못 버티고 대판 싸우지 않았을까? 결국 서로에게 질려 헤어졌을 것이다. (백이면 백, 동족 혐오를 보였을 것 같다.)

나와 민은 같은 곳을 바라보지도, 같은 보폭으로 함께 걷지도 않았다. 내가 다른 곳을 볼 때, 민은 나를 보았고, 내가 다른 곳을 향해 달려갈 때, 민은 나를 기다리며 걸음을 멈춰주었다. 그래서 함께할 수 있었다. 나와 민은 전혀 달랐기 때문에 오랫동안 같이 있을 수 있었다.

갑자기 나타난 교회 누나

연애 중인 남성이 가장 경계하는 대상이 여자친구의 교회 오빠라고 했던가. 민에게는 교회 누나가 있었다. 여자친구인 나를 보고 싶다면서 학교까지 찾아온 교회 누나가.

"너 보고 싶다며 누나가 학교로 오겠대."

처음엔 농담하는 줄 알았다. 그런데 농담이 아니란다. '나를 왜 만나러 오지? 교회 다니는 사람들은 자기 애인을, 그것도 사귄 지 얼마 안 된 애인을 소개해 줄 정도로 서로 친하게 지내는 걸까?' 천주교가 모태신앙인 나는 성당 사람들과 개인적 교류를 하지 않기에 같이 밥 먹는 일도 거의 없었다. 상대방의 사생활은 더더욱 몰랐다.

내가 떨떠름하게 반응하자 민은 미안한 기색이 가득한 얼굴로 정말 좋은 사람이라고, 자기가 많이 좋아하는 누나라고 했다. 자기가 다니는 교회에서는 그 누나가 중문과의 나 같은 존재라나. 그분은 내가 학교에서 덕질하는 것처럼 교회에서 종교생활을 하는 것인가? 내가 학우들에게 덕질 영업을 하듯 내게 전도를 하려는 건 아니겠지…?

갑작스러운 제안이 매우 부담스러웠지만, 누나에게 신세를 많이 지고 있다는 민의 말에 일단 알겠다고 했다. 무엇보다 상대가 여성이라 거부감이 없었고(나는 여성에게 유독 친절하다.), 학교에서 잠깐 보는 거라 굳이 거절할 필요도 없을 것 같았다.

그런데 문득 '치정인가?'라는 생각이 들었다. 아는 동생의 여자친구를 대체 왜 찾아온단 말인가. 막장 드라마에 MSG처럼 끼워넣는 장면 같지 않은가? 짝사랑하던 남성에게 여자친구가 생기자 이를 질투하면서 두 사람 사이를 이간질하려는 여성 조연 캐릭터의 등장 말이다. 알고 보면 민이 치명적인 매력을 지닌 옴므파탈이라든지, 뭐 이런 건가? (개연성이 없어서 이 가설은 빠르게 폐기 처분되었다.)

나는 민의 교회 누나를 학교 후문에 있는 벤치에서 만났다. 아주 잠깐 이야기를 나눴을 뿐이지만, 나는 언니를 단단하고 호감 가는 사람으로 기억하고 있다. 비틀리고 피폐한 감정으로 물든 '치정 로맨스물'보다는 밝고 활기찬 '성장물'에 어울리는 사람이랄까?

언니는 갑작스러운 방문이 이상하다는 걸 자기도 알고 있다고, 하지만 내가 어떤 사람인지 너무 궁금했다고 한다. 두 사람이 계속 잘 사귀면 좋겠다는 말도 건넸는데 예의상 던진 말이 아니었다. 진심으로 하는 말이었다.

그게 언니가 나를 찾아온 이유였다.

그러니까 이 모든 건 민이 북한 이주민 남성이기 때문이었다. 언니는 민을 걱정하고 염려하는 마음에 나를 찾아왔던 거다. 장르가 치정이 아니라 휴먼 드라마였다고 할까.

민을 걱정하는 언니에게 민의 여자친구로서 고마움을 느끼는 것과는 별개로, 나는 민이 북한 이주민이란 게 나랑 무슨 상관인가 싶었다. 내가 민과 사귀는 데에 그가 북한 이주민이라는 게 별다른 영향을 주지 못했던 것처럼, 그와 헤어질 때도 그가 북한 이주민이라는 건 별로 중요하지 않을 터였다.

내게는 그의 고향이 '함경북도'라는 사실이나 열한 살 때 '탈북'했다는 경험보다는 술버릇이 더 심각한 문제였으니까. 북한 이주민이라는 민의 신분(?)이 뭐가 대수인가.

주말 데이트를 약속해서 만났는데 점심을 먹자마자 오후에 다른 약속이 있다고 통보(이날 나의 분노를 경험한 민은 당장 약속을 취소하고 집 앞까지 따라와 빌어야 했다.)하는 게 큰일이지!

북한 이주민에게 개신교 교회는 일종의 커뮤니티 구심점이다. 다른 북한 이주민과 교류하는 만남의 장소(?)이자 사회와 이어지는 교점이랄까. 개신교 교회는 북한 이주민의 정착을 물심양면으로 돕는다.(정부가 자기 일을 종교계에 외주를 준 것 같다는 생각이 들 정도이다.) 민이 다녔던 교회는 북한 이주민을 위한 센터를 따로 운영했고, 민이 졸업한 탈북 청소년 대안학교도 개신교 교회가 세운 곳이었으며 민과 가족들은 탈북할 때 한국인 목사의 도움을 받기도 했다. 다만 앞으로도 개신교 교회가 이런 막강한 영향력을 발휘할지는 잘 모르겠다. 이 분야(?)의 다크호스였던 원불교가 요즘에는 주류로 떠오른 느낌이다. 북한이탈주민 청소년 대안학교인 한겨레 중·고등학교도 원불교가 설립했고, 2020년에는 원불교 특임부원장이 북한이탈주민지원재단(남북하나재단)의 이사장으로 임명되기도 했다.

본업은 '연애'입니다

내가 대학에 입학했던 2005년만 해도 중문과에는 취업난이라는 게 없었다. 기업들이 공격적으로 중국 시장에 진출하면서 중문과 졸업생을 많이 뽑았기 때문이다. 당시 선배들은 지원하는 족족 붙었고, 합격한 대기업 중 가장 좋은 곳으로 골라서 갔다. 반면 나는 중문과 호황기의 끝물을 타고 졸업했다. 중국어를 잘한다고 해서 좋은 기업에 취업할 수 있는 건 아니었지만, 할 줄 알면 확실히 도움이 되던 시기였다.

중국어에 자신이 있었던 나는 무역회사나 물류회사, 혹은 일반 기업의 해외영업 직무를 위주로 지원했다. 특히 해외 지사가 많은 기업을 선호했는데 주재원 생활에 로망(?)이 있었기 때문이다. (해외 체류 경험이 없어서 그렇다.) 선배들은 될 수 있으면 다른 직무나 기업을 쓰라고 완곡하게 조언했지만, 나는 고집을 부리며 듣지 않았다. 어떻게든 이 분야로 취업하겠다고, 노력해서 이뤄내겠다고 했다. (이때 나의 지랄 지수가 최고치를 찍어 민이 고생을 참 많이 했다.)

여러 번의 실패 끝에 나는 취업에 성공했다. 그것도 해외 지사가 120개가 넘는 대형 물류회사였다. 그때 얼마나 기뻐했던지…. 후배들에게 취업 턱을 쏘고, 백화점에 가서 (처음으로) 옷을 샀다. 출퇴근용 정장을 말이다.

그런데 신체검사 때부터 싸해지기 시작했다. 이리 보고 저리 보아도 남성 합격자뿐인 게 여성 합격자는 고작 3명이었다. 공채로 50여 명을 뽑았다는데 그중에 여성이 3명이라니! 뭔가 이상하지 않은가? 나는 당황했지만, 합격의 기쁨이 너무 컸던 나머지 깊게 생각하지는 않았다.

입사 후 나는 기수장이 되었고(여성 기수장은 창사 이래 내가 최초였다고 한다.), 곧이어 (창사 이래) 가장 빠르게 퇴사한 기수장이 되었다. 퇴사한 이유가 뭐냐고? 한두 개가 아니라서 목록을 뽑을 수도 있지만, 일단 가장 큰 이유는 여성 주재원이 없기 때문이었다. 여성 현채인(현지 채용인)은 있어도, 여성 주재원은 존재할 수 없었다. 여성 직원이 해외 지사로 가려면 퇴사 후 현채인으로 가야 했다. 주재원 로망 때문에 물류회사로 취업했는데 여성 직원은 주재원이 될 수 없다니. 역시 싸함은 사이언스다.

물론 다른 이유도 있었다. 아침 8시 반 출근이지만 신입은 (할 일이 없어도) 7시 반까지 출근해야 한다든지, 상사가 수저를 내려놓기 전에 밥을 다 먹어야 한다든지(밥을 먹지 않고 마셨던 것 같다.), 채식한다는 이유로 따로 불려가서 혼이 났다든지(이때 나는 1년 반째 채식을 하고 있었는데, 삼겹살집에서 회식이라도 하면 상추만 먹어야 했다. 눈물의 소주쌈이라고 들어봤는가?), 여성 직원에게만 커피 심부름을 시킨다든지(퇴사할 때 개선이 필요한 사항으로 이것도 말했더니 그 뒤로 몇 달간은 여성 직원에게 커피 심부름을 시키지 않았다고 한다.), 소소하면서도 자잘하지만, 막상 당하면 짜증스러운 일이랄까. 이런 크고 작은 이유가 모이자 커다란 눈덩이가 되어서 도저히 못 본 척할 수가 없었다.

내 퇴사 소식에 은사님은 안타까움을 금치 못하셨다. 학과 문화가 지나치게 평등해서(?) 사회와 간극이 생긴 것 같다고, 그래서 졸업생이 사회 적응을 못 하는 게 아니냐며 푸념 아닌 푸념도 하셨다. 껄껄. 그런가? 뭐, 그런 것 같기도 하고….

어쨌든 나는 사회의 매운맛을 이때 처음 맛봤다. 그 뒤로 나는 기업에 취업하지 않았다. 강의도 하고 번역도 하면서 프리랜서로 살았다. 안정적인 직업을 원하셨던 모친도 내 회사생활을 곁에서 보시더니 별 말씀 안 하셨다. (돈을 못 벌었으면 당장 재취업하라고 했겠지만, 돈은 버니까 그냥 내버려두신 것 같다.)

퇴사 후 느꼈던 가장 큰 변화를 꼽으라면 단연코 워라밸이었다. 주당 60시간을 일하다 주당 30시간을 일하니 잃어버렸던 삶의 균형을 되찾을 수 있었다. 연애도 마찬가지였다. 회사 다닐 때는 1주일에 한 번 보기도 힘들었는데 퇴사 후에는 매일 민을 볼 수 있었다.

민과 나는 주로 학교에서 만났다. 민이 공부를 하면 나는 옆에서 책을 읽었고, 점심이나 저녁 시간이 되면 같이 밥을 먹었다. 과제를 하던 민이 자기 머리를 쥐어뜯으면 내가 도와주기도 했다. 나는 민이 중국에서 몇 년이나 살았으니 중국어를 당연히 잘할 줄 알았다. 그런데 중문과 과제를 도와줄 때 보니 생각보다 못했다. 민은 특히 문어체에 약했다. 과제를 도와주던 나는 민에게 핀잔을 주었다.

"야, 너는 중국에서 그렇게 오래 살았는데, 한국에만 있던 나보다 모르냐?"

그러자 민은 억울하다는 얼굴로 이렇게 외쳤다.

"내가 중국에서 살다 왔냐?! 도망치다가 왔지!"

이럴 수가. 너무 맞는 말이라 반박할 수 없었다.

나는 "…그러네?"라고 말한 뒤 다시는 중국어를 못한다는 이유로 민을 구박(?)하지 않았다.

할 일이 없을 때면 나와 민은 학교 밖에서 산책을 했다. 말이 산책이지 두 시간 가까이 걸었고(가장 선호하던 산책길은 신촌-종로로 5km 정도 된다.), 걷다가 지치면 주변 식당에 들어가 밥을 먹었다. 그런 뒤에는 소화도 시킬 겸 다시 걸음을 옮겼다.

이동 거리가 늘어나는 만큼 마음의 거리는 좁혀졌다. 분주히 움직인 건 다리만이 아니었으니까. 나와 민은 걸으면서 이야기를 나눴다. 민이 어렸을 때 있었던 일(함경북도 산골에서 자란 민의 어린 시절은 충청남도 산골에서 자란 내 모친의 어린 시절과 매우 흡사하다.), 좋아하는 영화 등 생각나는 화제를 모두 끌어와 시시콜콜한 이야기를 나눴다.

이때부터였다. 민과 헤어질지도 모른다는 생각을 더는 하지 않게 된 게. 오늘도, 내일도, 다음 주도, 다음 달도, 심지어는 내년에도 당연히 민과 함께할 거라는 생각이 머릿속에 자연스레 자리를 잡았다. 그럴 만도 한 게 나와 민은 이런 일상을 2년이나 함께했다. 만나서 밥을 먹고, 산책하면서 이야기를 나누는 일과를 2년이나 보낸 것이다.

그 사이 2학년이던 민은 4학년이 되었고, 졸업생이었던 나는 고시 준비를 하는 것도 아닌데 매일 학교로 출근 도장을 찍고 있었다. 그것도 2년이나…. (이런저런 일을 했으니 2년 내내 연애만 한 건 아니지만, 가장 큰 비중을 차지하는 게 연애였으니 이 시절 나의 본업은 연애가 아니었을까 싶다.)

그러던 중 모교 중문과에 대학원이 생겼다. 어차피 매일 가는 학교, 그냥 대학원을 가자! 민과 나는 다시 캠퍼스 커플이 되었다.

베트남 여행

나와 민은 여행을 좋아했다. 관광명소를 찾아가는 여행보다는 커다란 가방을 메고 무작정 걸음을 옮기는 배낭여행을 즐겼다. 배가 고파지면 아무 식당에나 들어가 밥을 먹었고, 맛있으면 몇 번이나 다시 찾아갔다. 거리에서 서점이나 상점을 발견하면 안으로 들어가 물건을 사기도 했다. 민은 옷 구경을 좋아했고, 나는 책 구경을 좋아했는데 둘 다 좋아하는 게 마트 구경이라 마트를 발견하면 방앗간을 발견한 참새처럼 그냥 지나치지를 못했다. 그러다 보니 중화권 외에는 여행을 가지 못했다. 정처 없이 걷다가 길을 잃더라도 말이 통하고 글을 읽을 수 있으면 걱정할 게 없으니까.

중화권 국가 중에서도 민과 내가 가장 선호했던 나라는 대만이다.

왜 중국이 아니라 대만이냐고? 대만이 민에게는 좀더 안전했기 때문이다. 북한 이주민이 중국 여행을 갔다가 북한으로 강제이송됐다는 소문이 있었기에 나는 민의 위험을 감수하면서까지 중국 여행을 가고 싶지는 않았다.

중국으로 여행을 간 북한 이주민이 '내가 바로 탈북했다가 한국으로 입국해 한국인이 된 북한 이주민이오.' 하고 큰 소리로 떠들고 다니지는 않았을 터인데, 어쩌다가 잡혀갔냐고? 주민등록번호 때문에 그렇다.

한국에 입국한 탈북자는 간첩이 아님을 증명하면(?) 하나원으로 보내져 몇 달 동안 적응교육을 받는데 그때 주민등록증도 발급받는다. 문제는 하나원 본원이 위치한 경기도 안성을 기준으로 주민등록번호가 발급되었기에 북한 이주민의 주민등록번호 일부가 예외 없이 같다는 거였다. 이를 알게 된 중국 정부가 비자 심사를 할 때 특정 주민등록번호를 가진 이들을 북한 이주민으로 의심해 호적등본도 요구했다고 한다. (당시 북한 이주민의 호적등본에는 '하나원 본적'과 '북한 주소지'가 모두 표기되었다.)

이러한 허점을 파악한 한국 정부가 북한 이주민의 주민등록번호를 모조리 바꾸고 새로 주민등록증도 발급해 주었지만, 나는 여전히 두려웠다. 그렇게 북으로 이송된 북한 이주민 몇 명이 처형을 당했다는 소문이 돌았기 때문이다. 북한 국적만 가지고 있는 탈북자와 달리 북한 이주민은 한국 국적을 취득한 사람들이 아닌가. 탈북자가 강제송환을 당한 것과 북한 이주민이 강제이송을 당한 것은 전혀 다른 문제다.

구체적으로 어떤 일이 있었는지, 소문의 어디까지가 진실인지, 나는 알 수 없었다. 그건 그저 소문이니까. 하지만 소문은 무엇보다 강력했다. 실체가 없는데도 날 두렵게 만들었다. 아마 그건 내가 뜬금없는 소문이 사실이었다는 걸 직접 확인한 적이 있기 때문이다.

민과 사귀기 시작했을 때, 민이 내게 김정일의 후계자에 대한 소문을 들려주었다. 김정은이라는 아들이 후계자가 되었다나? 김정은이 누군지 몰랐던 나는 열심히 검색을 해보았다. 그런데 아무리 검색해도 "김정일 아들 김정은"은 나오지 않았다. 그로부터 1년 반 뒤 나는 어디를 가든 김정은의 이름을 듣게 되었다. 2011년 11월에 김정일이 사망하면서 김정은이 대중에게 공개된 것이다.

그 일로 소문의 무서움(?)을 깨달은 나는 민과 대만으로만 여행을 갔다. 그런데 대만을 방문하는 횟수가 늘어나자 민이 지겨워하기 시작했다. 다른 곳도 좀 가보자고 했다. 당시 나는 대학원 진학을 앞두고 있었기에 곧 시간도 돈도 없는 대학원생이 될 예정이었다. 어쩌면 마지막 해외여행이 될지도 몰랐기에 나와 민은 고민 끝에 베트남에 가기로 했다.

왜 하필 베트남이었냐고? 일단은 아시아 국가라 문화가 친숙했고, 15일 무비자라 부담 없이 머물 수 있었으며 사회주의 국가답게(?) 치안도 좋은 편이었다. 물가도 쌌고, 기차로 종단하기에도 좋았다. 배낭여행에 안성맞춤인 나라였달까.

잘 모르는 나라로 여행 가는 건 처음이었기에 나는 열심히 관련 공부를 했다. 베트남 관련 서적과 동남아 문화 교양서를 읽었고, 기초 베트남어를 배웠다. 이런저런 책을 읽다 보니 다크투어(잔혹한 참상이 벌어졌던 역사적 장소나 재난·재해 현장을 돌아보는 여행)를 해야겠다는 생각이 들었다. 게다가 베트남은 냉전 시기에 남과 북이 싸웠던 나라가 아닌가. 한국도 베트남 전쟁 때 파병했고. 휴전인 상태로 멈춰 있는 우리와는 다르게 북베트남이 승리를 거둔 곳이기에 어떤 관점으로 과거를 기억하고 있는지 직접 가서 보고 싶었다. 나는 민과 함께 사전투표를 마친 뒤 베트남으로 떠났다. (마침 그때 대선이 있었다.)

첫 도시는 하노이였다. 외국인 여행자 집합 지역(?)인 여행자 거리에서 숙소를 잡은 우리는 제일 먼저 호아로 수용소(프랑스 강점기에 독립운동가를 가뒀던 곳)와 베트남군 역사박물관을 찾았다. 그리고 그곳에 간 나는… 내 멘탈이

'쿠크다스'임을 다시금 확인했다. 극심한 우울감에 하루 종일 아무것도 할 수 없었다. 걸음을 디딜 때마다 마음이 녹아내리는 기분이었다. 비극적인 역사를 활자로 읽는 것과 오감으로 느끼는 것은 전혀 달랐다. 작은 흔적이나 재연한 풍경일지라도 말이다.

다크투어라니, 여행자의 마음으로 다른 이의 과거와 아픔을 구경하려고 했다니…, 내가 대체 무슨 생각으로 그런 계획을 짰던 거지?

내가 말 한마디 하지 않고 굳은 얼굴을 하자 민은 내게 계획을 취소하자고, 평소처럼 산책이나 하자고 했다. 나는 알겠다면서 고개를 끄덕였고, 민과 함께 길을 걸었다. 그렇게 길을 걸으면서 주변을 둘러보는데 멀리서 아주 익숙한(?) 국기가 보였다.

파란 테두리에 붉은 바탕 그리고 하얀 원 안에 박힌 붉은 별. 저거 북한 국기 아닌가? 북한 국기를 본 민이 엄청 흥분하더니 북한대사관이라고 했다. 아니, 그게 여기 왜 있어? 아, 여기 사회주의 국가지! 나와 민은 북한대사관으로 향했다.

붉은 기와지붕에 노란 벽, 빨간 나무 창살. 북한 국기를 제외하면 북한과는 전혀 상관없어 보이는 건물이었다. 대충 구경한 뒤 다른 곳으로 가려던 나와 달리, 민은 카메라를 꺼내 본격적으로 사진을 찍기 시작했다. 겁도 없는지 정문을 기웃거리면서 안을 들여다보고 '조선민주주의인민공화국 대사관'이라고 적힌 문패 앞에서 셀카까지 찍었다. 그 모습을 지켜보던 나는 불안한 마음에 결국 민을 붙잡아 끌고 갔다. 민은 다른 곳으로 가면서도 계속 아쉬워하는 눈치였다.

"종전되면 북한에 가보고 싶어. 고향 땅도 다시 밟아보고 싶고, 남아 있는 친척도 만나보고 싶어."

민은 고향을 그리워하지는 않았다. 다만 꼭 한 번 다시 가보고 싶다고 했다.

남북 분단으로 생겨난 이산가족도 상봉이 쉽지 않던데 비교적 근래에 탈북한 북한 이주민이 북한을 방문할 수 있을까? 그곳에 남아 있는 친척과 다시 만날 수 있을까? 잘 모르겠다. 브로커를 통하는 불법적인 경로라면 모를까 합법적인 경로라면 절대 불가능할 것 같다. 북한 이주민인 민이 북한을 방문할 가능성보다 순수(?) 남한 사람인 내가 북한을 방문할 가능성이 더 크겠지.

나와 민이 함께 북한을 거닐면서 산책하는 날이 오기를, 배가 고프면 식당에 들어가서 밥을 먹고, 장마당에서 물건을 구경하는 날이 오기를, 길을 잃으면 여기가 어디냐고 물으며 숙소를 찾아가는 날이 오기를, 언젠가는 그런 날이 오기를 진심으로 바란다.

민의 친구들

"우리 학교에 북한 이주민 동아리가 있는데…."

민이 말했다. 학교에 '알파 오메가'인지 '알파와 오메가'인지 엘리트만 선별해 가입시킨다는 비공식 사교 집단이 있다는 이야기는 들은 적이 있어도 북한 이주민 동아리가 있다는 소식은 처음 들었다. 민은 내게 다음 모임에 같이 가지 않겠냐고 물었다. 학교 근처 술집에서 모인다나?

내가 거길 왜 가냐고 반문하니 동아리 사람들이 나를 보고 싶어 한다고 했다. 생각해 보니 나는 민의 지인을 만난 적이 많았다. 반면 민은 내 친구들을 만난 적이 거의 없다. 지인의 애인을 왜 만나려는 거지? 나는 아직도 그 심리를 모르겠다. 내가 모르는 한국의 풍습인가? 아니면 북한의 풍습? 민의 조선족 친구도 나를 만나자고 하는 걸 보면 한민족 풍습 같기도 하고. 그냥 나만 모르는 글로벌 풍습인가? 아무 이유 없이 친구의 애인을 보고 싶어 한다는 게 말이 되는 건가? 어쩌면 눈치 없는 민이 다른 사람들이 그냥 던진 말을 진심으로 알아듣고 날 데려갔는지도 모르겠다. (곰곰이 생각해 보니 그럴 가능성이 정말 농후하다.)

참, 민의 조선족 친구 이야기가 나와서 말인데, 민은 조선족 친구가 많다. 그가 탈북 후 중국에서 머물 때 뇌물(?)을 주고 조선족 학교를 다녔기 때문이다. 다만 민의 조선족 친구들은 민을 조선족으로 알고 있다. 탈북자였던 과거에도, 북한 이주민인 지금도 말이다. 학교 다닐 때 친하게 지냈던 조선족 친구들과 몇 년 전에 연락이 닿아 위챗 단톡방을 만들었는데, 알고 보니 동창 중 절반 이상이 한국에서 일하고 있단다. 민은 한국에서 동창회를 해도 되겠다면서 너스레를 떨었다.

어쨌든 잠깐 얼굴만 비추고 가면 된다는 민의 말에 나는 알겠다고 했다. 어차피 다 학교 사람들 아닌가. 북한 이주민 중 상당수는 중국에서 살다 왔기에 학과 모임과 다를 바가 없을 거라고, 함께 나눌 이야기도 많을 거라고 생각했다. 이는 나의 오판이었다.

그날 모였던 북한 이주민은 열 명 정도였고, 대다수가 모르는 사람이었다. 중문과 학생도 여럿 있었지만 학과 활동에 참여하지 않는 이들이라 나와 개인적 친분은 없었다. 나는 인사를 한 뒤 자리에 앉아 오가는 대화를 유심히 들었다. 맞장구도 치면서 한두 마디라도 얹을 생각이었다.

그런데 표준어를 잘만 쓰던 사람들이 술이 들어가고 분위기가 무르익자 고향 말로 이야기를 우르르 쏟아내는 게 아닌가. 나는 맥락 파악도 버거워졌다. 듣기 시험에서 리스닝이 아닌 히어링을 하는 느낌이랄까. 분명 들리기는 들리는 데 무슨 말인지 이해가 안 됐다.

웃고 떠드는 대학생 술자리가 그렇지 않은가. 술이 깬 뒤에 생각해 보면 사실 별 이야기도 아닌데, 취했을 때는 너무 재미있는 거. 취한 건 나도 마찬가지였는데, 나는 웃을 수 없었다. 뭐가 재미있는지도 모르면서 어색하게 따라 웃을 뿐이었다. 억양, 어휘, 표현법이 생소해서 그런 것도 있지만, 내가 웃음의 포인트를 전혀 잡지 못한다는 게 가장 큰 문제였다.

솔직히 그날 무슨 이야기가 오갔는지 잘 기억나지 않는다. 북한 이야기만 했던 것도 아니었는데…. 대체 무슨 이야기를 했던 거지? 확실히 기억하는 건 그날 내가 꿔다놓은 보릿자루처럼 말없이 앉아만 있었다는 것이다. 중문과 핵인싸로만 살았던 내가 처음으로 아싸 중의 아싸가 되었던 날이었다.

북한 이주민도 다 같지는 않더라

대학원을 다닐 때 해외학술 탐방행사에 참여한 적이 있다. 하필이면 귀국하는 날이 학과 엠티 가는 날이었다. 공항에 도착하자마자 엠티 장소로 이동하면 될 것 같은데(우리 학과는 모꼬지 참여가 필수다.) 그곳까지 갈 교통편이 문제였다. 그렇다고 학생 신분에 택시비로 10만 원을 쓸 수는 없지 않은가. 민에게 말하자 친구에게 부탁하겠다며 걱정하지 말라고 했다.

"친한 친구라 기꺼이 태워줄 거야!"

귀국 날, 민은 정말로 친구와 함께 공항에 나타났다. 그것도 새로 산 차를 끌고서…. 서울대 다니는 북한 이주민 친구라고만 들어서 공부 열심히 하는 성실한 청년이구나, 라고 생각했는데 돈까지 많다니…. 나는 잠시 나의 짧은 식견을 반성했다.

차에 타서 다 같이 이야기를 나누는데 갑자기 민이 자기 친구와 언쟁하는 게 아닌가. 같이 있던 내 친구(학부 동기인데 내가 꼬여서 대학원에 왔다. 친구야 미안해….)가 북한 관련 질문을 했는데 민과 그의 친구의 답변이 상반되었기 때문이다.

민이 먼저 대답하면 민의 친구는 “아닌데? 북한 안 그런데?”라며 반박했고 민의 친구가 대답하면 민이 “아닌데? 나 있는 데는 안 그랬는데?”라며 바로 친구의 말을 부정했다. 처음 겪는 일이라 ‘뭐지?’ 싶었다. 알고 보니 민의 친구는 고향이 평양이었다. 함경북도 산골에서 자란 민과는 살아온 환경이 달랐기에 북한에 대한 기억도 전혀 달랐던 거였다.

나는 ‘북한 이주민 = 고난의 행군 때 생계 때문에 탈북한 함경도 사람’이라는 고정관념이 있었는데 민의 친구가 나타나면서 모든 북한 이주민이 그런 건 아니라는 걸 알게 되었다. (물론 그 뒤에도 더 많은 이들이 나타나 나의 고정관념을 부숴주었다. 집안에서 결혼을 반대해 사랑의 도피로 탈북한 사람도 있다.)

시간이 흐른 뒤, 공대 대학원에 진학한 민의 친구는 졸업 후 연구원이 되었고, 그의 동생은 로스쿨에 진학해 변호사가 되었다. (사랑의 도피를 위해 탈북했던 연인도 지금은 부부가 되어 알콩달콩 잘 산다.) 누군가에게는 믿기지 않을 만한 이야기이려나? 사람 사는 게 다 그렇지 않은가. 이렇게 사는 사람도 있고, 저렇게 사는 사람도 있다. 북한 이주민도 마찬가지다. 이렇게 살아가는 북한 이주민도 있고, 저렇게 살아가는 북한 이주민도 있다.

조금 달랐던 명절 풍경

언젠가 추석을 앞두고는 민이 만두를 가져다준 적이 있다. 이북식 만두였다. 이북식 만두라고 다를 게 있나? 평양만두 전문점에서 파는 만두도 딱히 다른 점을 모르겠던데? 그렇게 생각하며 도시락 뚜껑을 열었는데 송편이 보이는 게 아닌가.

알고 보니 멥쌀로 빚은 만두였다. 피가 송편처럼 두꺼워 떡만두보다는 만두떡이라는 표현이 더 적절할 듯한 음식이었다. 민은 이 만두를 '밴새'라고 불렀다. 북한과 연변에서 명절 때 먹는 만두로, 멥쌀 반죽이나 감자 반죽으로 만든 만두피가 특징이었다. 식감은 떡인데 맛은 만두라 이질적이면서도 묘한 음식이었지만 맛있어서 계속 손이 갔다. (지금은 나도 만들 줄 안다.)

열심히 밴새를 먹고 있는데 민이 이번 추석 때 자기 집에 오지 않겠냐고 물었다. 부모님이 날 보고 싶어 하신다나? 아니, 나를 왜? 대학에 간 아들이 처음으로 사귄 여자친구라서? 몇 년 사귄 걸 보니 헤어질 것 같지 않아서? 아니면 민의 집이 자식의 연인을 만날 정도로 화목한 가정인가?

나는 잠시 고민하다가 민에게 알겠다고 했다.

부르니 가보지 뭐, 하는 마음이었다. 어쩌면 좋은 기회일 수도 있지 않은가. 내 미래의 방향을 가늠할 기회. 혹시라도 부모님이 이상하다면(?) 민과의 인연은 절대 결혼까지 가지는 말아야지… 나는 그렇게 생각했다.

추석 연휴 때, 나는 민의 집으로 향했다. 한국 정부가 북한 이주민에게 제공하는 임대아파트였다. 민의 집은 왁자지껄하면서도 북적북적했다. 대가족이라는 건 익히 들어서 알았지만, 소개받을 때 보니 가족 말고 지인도 있었다. 명절에 찾아오는 지인이라니, 얼마나 친하면? 설마 나를 보려고 온 건 아니겠지? 의문을 뒤로한 채 나는 민의 부모님과 대화를 나눴다.

민의 부모님은 민이 말해준 모습 그대로였다. 어머님은 적극적인 외향인이라 나와 성격이 비슷했고(?) 아버님은 외향인의 탈을 쓴 내향인이었다. 짧은 대화를 나눈 뒤 나는 계속 먹었다. 딱히 할 말이 없었다. 전이나 송편 같은 명절 음식은 없었지만 맛있는 음식이 많았다. 설마 내가 온다고 이렇게 차려주신 건 아니겠지? (나중에 민이 말해줬는데 어머님이 내가 음식 먹는 걸 보고 걔는 참 잘 먹더라, 하면서 감탄하셨다고 한다.)

열심히 먹으면서 사람들의 대화를 듣는데 좀 이상했다. 전혀 안 친한 사람들끼리 이야기를 나누는 어색한 상황이라고 할까? 다른 날도 아니고 명절에 놀러 온 손님이니 당연히 민의 가족과 가까운 줄 알았다. 그런데 그게 아닌 모양이었다. 나는 어찌 된 일인지 궁금했지만, 대놓고 물어보기가 뭐해 입안으로 음식만 밀어넣었다.

그때였다. 갑자기 초인종이 울렸다. 이럴 수가. 손님이 또 찾아온 것이다. 민의 어머님이 자리에 있던 사람들에게 새로 온 손님을 소개해 주셨다. 얼마 전 하나원에서 나와 여기 아파트로 이사 왔다고 했다. 말인즉슨, 다른 사람들도 나처럼 그 사람을 처음 봤다는 거였다. 게다가 사람을 초대한 민의 어머님조차 새로 온 손님에 대해 잘 알지 못했다.

모르는 사람들과 함께 보내는 명절이라니! 민은 한국에 온 뒤로 종종 이런 명절을 보냈다고 한다. 가족이 없는 이들은 명절날 가슴속 외로움이 커지기 마련이니까. 그래서 민의 가족은 명절이면 혼자 사는 북한 이주민들을 초대해 같이 밥을 먹었다고 한다. 동향(?) 사람도 만나고 이북 음식도 먹으면서 명절 분위기를 함께 즐기는 것이다.

민의 어머님이 마당발(?)이라는 말은 들었지만, 잘 모르는 사람을 집으로 초대할 정도로 외향적일 줄이야! 그렇게 생각하니 내가 초대를 받은 것도 별거 아닌 것 같았다. 그냥 다른 사람들을 부르는 김에 겸사겸사 나도 부른 게 아니었을까?

반면 내 모친은 내가 민의 집에 갔다는 걸 뒤늦게 듣고 정색했다. 명절에 거기를 왜 가냐고, 그럼 공평하게 민도 우리 집으로 데려오라고 했다. 이번에는 내가 질색했다. 민을 집으로 초대하라고? 나는 어렸을 때도 집에 친구를 데려온 적이 없다. 더구나 헤어지면 남이 되는 남자친구를 집에 왜 데려온단 말인가?

내가 민의 부모님을 다시 만나고, 공평하게(?) 민도 내 모친을 만난 건 몇 년 뒤 상견례 때였다.

다른 곳에서의 삶

북한 이주민 대학생이 겪는 가장 큰 어려움 중 하나는 영어가 아닐까 싶다. 내가 대학에 다닐 때는 더더욱 그러했다. 대학이 본격적으로 국제화(?)를 지향할 때라 영어 수업이 교양 필수였고, 토익 성적이 없으면 졸업도 못 했다. 영어와 무관한 전공 수업마저 일정 학점 이상은 영어로 들어야 했다.

그래서 민도 영어 공부를 열심히 했다. 한국어로 들어도 알아듣기 힘든 철학 수업을 언젠가는 영어로 들어야 하니 열심히 할 수밖에 없었다. ('정원 외 전형'으로 입학한 북한 이주민은 이 규정에서 예외였는데 민은 그걸 모르고 있었다.)

대학교에서는 기초부터 배울 수 없었기에 민은 학교 밖에서 영어를 공부했다. 다행히 여러 도움을 받았다. 강남 사교육계에서 유명하다는 어떤 분은 북한 이주민에게 무료 영어과외를 해줬고, 한 유명 어학원은 북한 이주민을 위한 장학금 제도를 따로 운영했다. 나와 달리(?) 성실함이 장점인 민은 열심히 수업을 들었고, 영어 실력을 갈고닦아 중급 회화 정도는 무난히 할 수 있게 되었다.

한 번은 탈북청년 영어 말하기 대회에 참가해 본선에 진출하기도 했다. 민의 영어 실력을 알고 있었기에 나는 내심 수상을 기대했지만, 최종 결선에 오르지도 못했다.

"다른 참가자들이 그렇게 잘했어?"

내 질문에 민은 이렇게 답했다.

"김일성대학 나온 사람 본 적 있어? 난 있어, 이번에. 농부의 아들과는 비교가 안 되더라."

민은 수상자들의 영어 발음이 네이티브 수준이었다고 했다. 떨어진 게 민망해서 그렇게 말한 건지 진짜로 그랬던 건지는 모르겠지만. 아니, 김일성 종합대학까지 나온 사람이 왜 한국에 왔지? 보통 그런 사람은 영국이나 미국으로 망명을 가지 않나? 나는 좀 의아했다. 어쨌든 민은 수상을 못 했지만, 대신 다른 기회를 잡았다.

"어디를 간다고?"

"영국."

교회에서 진행하는 선교 활동인데 동생이랑 같이 뽑혔다고, 한두 달 정도 영국에서 머물다가 돌아온다고 했다. 선교라니. 그것은 상대를 감정적으로 설득하는 영역이 아닌가. 신앙심과 커뮤니케이션 능력을 모두 요구하는 분야일 것 같은데…. 그걸 민이 할 수 있을까? (이때 나는 민이 한다는 선교 활동이 어떤 의미인지 잘 몰랐다. 모르는 사람을 붙잡아 이야기를 나누는 줄 알았다.) 그래도 좋은 기회이니 민에게 잘 갔다 오라고 했다. 혼자 가는 것도 아니고 동생과 같이 가니 걱정되지는 않았다.

그리고 나와 민은 한 달 좀 넘게, 짧은 이별을 했다. 매일 보다가 갑자기 못 보니 허전할 줄 알았는데 딱히 그렇지는 않았다. 대학원 생활 때문에 바쁘기도 했고, 어쩌다 생긴 여유 시간에는 연애 대신 덕질을 했다. 오랜만에 덕질에 집중해서 그런지 시간 가는 줄 몰랐다. 그렇게 시간이 흘러 민이 돌아왔다.

민은 내게 영국에서 있었던 일을 이야기해 주었다. 어느 지역에 가서 무엇을 보았는지, 무엇을 먹었는지 말이다. 과일은 싸고 맛있지만, 음식은 짜고 양이 많다고 했다. 한 조각인 줄 알고 여섯 개를 시켰다가 하나가 반 마리라서 배가 터질 뻔했다는, 그런 사소한 일들이었다.

들어보니 말이 선교 활동이지 교회 탐방이 주를 이룬 것 같았다. 시골에 있는 오래된 성은 왜 그렇게 자주 간 건지. 알고 보니 영국의 지역 교회는 한국의 사찰과 비슷했다. 종교적인 장소임과 동시에 오랜 역사를 자랑하는 문화유산이랄까?

그렇군, 하고 넘어가려는데 민이 뜬금없이 영국 이민에 관심이 있냐고 물어보았다. 이민 제안을 받았다나? 목사가 부족해 수백 년 된 교회들이 방치될 위기라고, 그래서 그곳 사람들이 민에게 영국으로 올 수 없겠냐고 물어봤단다. 고택(古宅) 관리직으로 취업해 영국으로 온 뒤에 목사 안수를 받으라고, 목회자가 되면 교회 중 하나를 맡기겠다는 것이다.

나는 그 말을 듣자마자 '사기꾼인가?'라고 생각했다. 믿을 만한 제안이냐고 묻자 민은 그렇다고 했다. 의심스럽기는 했지만, 영 말이 안 되는 이야기는 아닐 것 같았다. 민이 북한 이주민이라서 건넨 제안이었겠지. (자유민주주의 국가에서 살게 된 북한 이주민의 이야기는 동서를 막론하고 인기가 많다. 다만 듣고 싶어 하는 이야기만 들려줘야 한다….)

영국 이민? 솔직히 말해서 혹했다. 당시 한국에선, 아니 북한 이주민 사이에선 '재망명'이 화제였다. '한국에서 북한 이주민 차별을 받느니 차라리 영미권에서 아시안 차별을 받는 게 낫다.'는 여론이 있었다고 할까.

난민인 탈북자와 달리 북한 이주민은 한국 국적을 취득한 시민이기에 사실 망명을 신청할 수 없다. 한국 사회에서 겪은 차별도 망명 사유가 된다면 가능하겠지만…. 그런데도 적지 않은 북한 이주민이 자신의 신분을 은폐하며 재망명을 시도했고, 가끔은 성공했다고 한다. (역시나 소문으로 전해졌다.)

나 또한 민과 함께 지내면서 북한 이주민을 향한 한국 사회의 불편한 시선과 차별을 간접적으로 경험했기에 그 말을 듣는 순간 이런 생각이 들었다. 어차피 차별받는다면, 사회적 소수자성을 가장 비싼 값(?)에 팔아 밥그릇이라도 챙기는 게 낫지 않을까?

하지만 나와 민은 그 제안을 해프닝으로 여기며 떠나보냈다. 왜 그랬냐고? 첫째는 다른 사람이 한 제안을 철석같이 믿기에는 나는 의심과 불신의 아이콘(!)이었으며, 둘째는 목회자가 사전적 의미의 '직업'이라고는 볼 수 없기 때문이었다. 목회자란 직업은 생계만으로는 논할 수는 없는 더 복잡한 무언가가 있으니까.

그리고 나도 문제였다. 설령 민이 목회자가 되어 지역 교회를 맡게 된다고 할지라도, 내 직업까지 해결되는 건 아니지 않은가. 막상 가면 뭐라도 하겠지만, 당시 나는 영국에서 하고 싶은 일이 없었다. (나의 원픽은 중화권이라는 걸 잊지 말자.) 또 언어 문제, 문화 차이, 가족 및 지인들과 헤어짐, 입맛에 맞지 않는 로컬 음식(엄청 중요하다.) 등등 여러 문제를 생각했을 때 득보다 실이 클 것 같았다.

그렇게 곰곰이 생각해 보니 탈북자들이 다른 나라로 망명갈 수도 있는데 왜 한국행을 선택했는지 이해가 되었다. 같은 민족이니까, 말이 통하고, 음식도 비슷하니까, 고향에서도 멀지 않으니까. 그런 크고 작은 이유가 모여 한국행을 선택했을 것이다. 다만 그 선택이 기대에 부합했는지는 모르겠다. 누군가는 재망명을 택하니까.

어쨌든 나와 민은 작은 가능성을 하나 떠나보냈고, 그 선택을 후회하지 않으려면 지금의 삶을 열심히 꾸려가야 한다. 이곳에서의 삶이 막연히 상상하게 될 그곳에서의 삶보다 행복해야만, 나와 민도 후회하지 않을 테니까.

사랑의 힘이었을까?

"한국에 사는 북한 이주민이 평범한 남한 사람보다 더 잘 사는 것 같아."

예전에 어떤 사람이 내게 그런 말을 한 적이 있다. 북한 이주민은 집도 공짜로 받고 대학도 공짜로 다니지 않냐는 거였다. 그때는 글쎄, 하고 말았는데 민과 사귀면서 다시 곱씹어보니 참으로 웃픈 말이다.

한국 정부가 북한 이주민에게 주는 집은 임대아파트다. 일단 공짜로 받는 게 아니다. 보증금은 물론 월세도 매달 내야 한다. (하나원에서 퇴소할 때 정부가 '주거지원금'이라는 명목으로 보증금을 대신 내주기는 한다.) 대학도 마찬가지다. 학비만 무료일 뿐 생활비가 하늘에서 뚝 떨어지진 않는다.

그런 말을 들을 때마다(생각보다 자주 듣는다.) 속으로 하는 생각이 하나 있다. '그래서 북한 이주민과 신분을 바꿀 수 있다면, 당신은 바꾸겠는가?' 아마 그러겠다고 하는 이는 없을 것이다. 그런데도 가끔은 "그러고 싶다."고 답하는 사람도 있을지 모르겠다. 나도 딱 한 번 그랬던 적이 있으니까.

안식년을 맞아 미국 UC 버클리로 간 지도교수님이 내게 메일을 보내셨다. 박사를 미국으로 올 생각이 없냐고, 마침 학교에서 좋은 교수님들을 만났다고, 네 이야기를 해 놓을 테니 학교에서 정한 입학요건만 갖춰놓으라는 거였다. 감사하게도 장학금까지 알아봐주겠다고 하셨다.

메일을 받은 뒤 나는 엄청난 고민에 빠졌다. 그 입학요건이라는 게 무엇인지, 그 학교에 들어가려면 GRE를 만점 가까이 받아야 한다는데, 그 성적을 얻으려면 대체 얼마나 많은 시간과 돈을 들여야 하는지, 장학금은 전액인지 일부인지, 생활비는 얼마나 필요한 건지…. 나는 돈이 제일 걱정이었다.

그런데 민은 그 이야기를 듣자마자 같이 미국으로 가자고 했다. 자기도 가면 된다고, 북한 이주민이 미국으로 유학 가는 일이 적어서(?) 쉽게 지원금을 받을 수 있다고, 내가 어디로 가든 따라가겠다고 했다.

그렇게 같이 미국으로 떠났더라면 우리는 어떤 인생을 살게 되었을까. 나와 민은 어디도 가지 못했다. 이제껏 내 선택에 한 번도 간섭하지 않았던 모친이 미국 유학은 안 된다면서 반대하셨기 때문이다. 가족이 사는 집을 팔아

네 뒷바라지를 해줄 수는 없지 않냐고, 지금 다니는 회사에서도 언제 정리해고를 당할지 모른다고, 도저히 그럴 형편이 아니라는 모친의 말에 나는 할 말이 없었다.

나는 지도교수님에게 메일을 보냈다. 재정적인 부담이 너무 크다고, 내게는 무리라고 말이다. 그때 처음으로 북한 이주민이었던 민이 부러웠다. 학비는 물론이고 생활비까지 지원받을 수 있다니 부럽지 않을 수 없었다. 학비와 생활비만 해결되면, 틈틈이 아르바이트하면서 집에 돈까지 보내줄 수 있지 않을까, 라는 생각도 들었다. 하지만 나의 부러움은 오래가지 않았다. 너 혼자라도 가겠냐고 묻자 민이 싫다고 했기 때문이다.

"북한 이주민이 유학비를 지원받으려면 아무 전공이나 하면 안 돼. 주로 국제관계학이나 정치학, 사회복지학을 전공해. 북한 이주민이랑 연결할 수 있는 전공을 택하는 게 일반적이야."

민은 영화를 볼 때도 〈어벤저스〉, 〈미션 임파서블〉 같은 상업영화만 보는 사람이었다. 그런 민이 국제관계학, 정치학, 사회복지학을 전공한다니. 민의 취향과 평행선을 달리는 전공이었다. 덕질하는 분야를 전공해도 머리가 터지는 판인데, 딱히 관심도 없는 분야를 전공하려면…. 기꺼이 나를 따라가겠다던 민의 말이 비장하게 느껴졌다. 공부를 싫어하는 민이 대학원에 가겠다고 하다니, 그것도 관심 없는 전공으로 말이다.

그건 사랑의 힘이었을까?

청혼

민과 사귈 때 딱 두 번 헤어지자고 한 적이 있다. 첫 번째는 민의 동기가 도화선이었다. 나보다 네 살 어린 민의 동기가 술자리에서, 그것도 나와 처음으로 이야기를 나눈 날, 내게 반말을 한 것이다. 나는 반말을 듣자마자 왜 말을 놓냐, 고 따져 물었지만, 그게 뭐 어떠냐는(?!) 황당한 대답을 들었다. 다른 자리였다면 크게 싸웠을 터인데, 그 자리에 중문과 교수님도 계셔서 싸울 수가 없었다.

진짜 싸움(?)은 술자리가 끝난 뒤에 시작되었다. 나와 민의 싸움으로 말이다. 나는 민에게 왜 가만히 듣고 있었냐며 화를 냈다. 자기보다 어린 사람이어도 초면에 말을 놓는 건 무례가 아닌가. 그런데 네 살이나 어린 후배가 말을 놓는다는 건 용납할 수 없는 일이었다. (내가 중문과 출신 유교걸이라는 걸 잊지 말자.)

그런데 민이 불난 집에 부채질했다. 내가 민의 여자친구가 아니라 학과 선배였다면 걔가 말을 놓았겠냐고 묻자 민은 그러고도 남을 사람이라고 했다. 어차피 무슨 말을 해도 변할 사람이 아니라고, 그러니 자기가 말해도 소용없다는 것이다.

반말을 들었을 때는 피가 거꾸로 솟는(?) 기분이었다면, 이 말을 들었을 때는 피가 차갑게 식었다. 민과 내가 전혀 다른 사람이라는 게 확 와닿았다. 나는 민에게 헤어지자고 말한 뒤 대학원 연구실로 돌아갔다. 민의 연이은 전화도 받지 않았다. 이때 나는 민과 정말로 헤어질 생각이었다.

앞에 내가 했던 말을 기억하는가. 난 울타리를 부수며 밖으로 나가는 사람이라면, 민은 울타리를 세워 그 안을 돌보는 사람이다. 나는 가는 사람 잡지 않고 오는 사람 막지 않지만, 누구를 집안으로 초대하는 법이 없다.

다르게 표현하자면, 사회적인 교류는 좋아해도 사적인 교류는 하지 않는다고 할까. 사적인 교류라면 여러 예외가 있을 수 있겠지만, 사회적인 교류일 때는 기본적인 규칙이 꼭 지켜져야 한다고 생각했다. 그 규칙이 지켜지지 않으면 나는 상대를 칼같이 끊어냈다. 가령 상대가 속옷만 입고 뛰어다니면 (이미 부숴놔서 있지도 않은) 울타리 밖으로 밀어내면서 큰 소리로 외치는 것이다. 헐벗고 뛸 거라면 네 방 안에서나 그러라고 말이다.

반면 민은 울타리 안으로 사람을 들여보내는 일이 드물기에, (울타리 밖에 있는) 상대방이 홀딱 벗고 뛰든 정장을 입고 뛰든 관여하는 법이 없었다. 걔는 원래 그런 애다, 술에 취했나 봐, 말한다고 변할 애가 아니니 그냥 무시하는 게 나아, 라면서 모두에게 무심하게 굴었다. 굳이 자신의 감정과 시간을 쏟고 싶어 하지 않는다고 할까. 그래서 이런 일이 생겨도 대수롭지 않게 넘겼다.

하지만 나는 그냥 넘길 수 없는 사안이었다. 아닌 건 아니라고 말해야, 상대방도 더는 남들 앞에서 함부로 행동하지 않을 것 아닌가. 나와 사적인 교류를 나누는 유일한 사람인(?) 민이 다른 이에게 그랬어도 나는 헤어질 생각을 했을 터인데, 잘 알지도 못하는 이가 내게 그러는 걸 받아들일 수 있었겠는가? 민이 나를 제대로 알았더라면, 절대 불가한 일이라는 것도 알았을 것이다. 이런 상황에서 저런 말을 뱉으면 내 분노에 부채질한다는 것도 말이다.

안타깝게도(?) 민과 헤어져야겠다는 결심은 하루를 가지 못했다. 민이 보낸 메시지 때문이었다. 자기가 다 잘못했다고, 앞으로는 시키는 대로 하겠다고, 나 없이는 못 산다는 장문의 메시지. 어찌나 구구절절 간곡한지 읽으면서 조금 눈물도 흘렸던 것 같다…. 헤어질 때 이런 말을 하는 사람은 믿을 수 없는 법이지만 나는 민이 진심으로 하는 말이라는 걸 알았다. 아예 안 했으면 안 했지, 마음에도 없는 소리를 뱉는 사람이 아니니까. 민이 그렇게 처세술에 능하고 사교적인 사람이었다면 애초에 이런 일로 나와 싸우지도 않았을 거다.

그리고 민은 한다면 하는 사람이었다. 눈치가 없어 알아서 하지는 못해도, 하나하나 자세히 가르쳐주면(?) 같은 실수를 반복하지는 않았다. 공부로 따지면 응용에는 약하지만, 암기를 잘하는 학생이랄까. (정말로 그러했다. 민은 철학 시험을 볼 때도 어려운 개념을 이해하지 못하면, 문장을 통으로 외워 답지에 그대로 썼다. 다만 모르는 개념이 한두 개가 아니라서 책 전체를 외워야 했다.)

그렇게 첫 번째 이별의 위기는 무사히 넘어갔지만, 두 번째 위기는 쉽게 넘어가지 못했다.

아무리 잔소리해도 민이 고치지 못한 습관이 하나 있었으니, 그건 바로 담배였다. 민이 내게 고백할 때쯤, 금연 내기를 했다. 민은 기껏 금연에 성공하더니(!) 몇 년 뒤 다시 담배를 피우기 시작했다. 아무리 뭐라고 해도 끊으려고 하지를 않아서 반 포기 상태였는데, 하루는 그냥 짜증이

났다. 더는 잔소리하기도 귀찮았고, 그거 하나 끊지 못해 몇 년째 이러고 있는 민도 한심했다. 내가 무슨 부귀영화(?)를 누리겠다고 얘랑 이러고 있어야 하나, 싶었다.

당시 나는 (장학금 때문에) 학과 조교장으로 일하면서 대학원 수업을 들었고, 강의와 과외를 하면서 생활비를 벌었다. (학부 시절에 받은 학자금 대출도 이때 다 갚았다.) 친구와 같이 사는 원룸이 학교에서 멀지 않은 곳에 있었는데도, 평일에는 왔다 갔다 할 시간이 없어서 연구실 붙박이로 지냈다. 연구실 안 간이침대에서 잠을 자고, 학교 샤워실에서 씻으면서 생활했다. 잠이 부족한 건 당연했고, 하는 일이 많은데도 제대로 하는 게 없다는 생각에 스트레스가 극심했다.

민과 다투던(이라고 썼지만 사실 내가 일방적으로 짜증을 냈다.) 나는 결국 작별을 고했다. 그냥 여기서 그만두자고, 지친다고, 더는 이렇게 지내고 싶지 않다고, 헤어지자고 했다. 생각해 보면 번아웃이 왔던 것 같다. 당시 자주 들었던 조언이 선택과 집중이었는데, 내게는 선택의 여지가 없었다. 당장 학교를 그만둘 수는 없는 노릇이었고, 땅 파먹고 살 수는 없으니 일을 안 할 수도 없었다. 남은 건 연애뿐이었다. 유일하게 내가 선택할 수 있는 항목이었다.

이번에도 민이 장문의 메시지를 보냈다. 조금은 다른 내용이 적혀 있는, 역시나 구구절절 간곡한 메시지였다. 나를 만난 뒤에 자기가 많이 달라졌다고, 앞으로도 달라질 거라고, 하지만 네가 없는 미래를 그려본 적은 없다고 했다. '네가 없는 미래' 액정 화면에 드러난 활자를 보면서 나는 내 미래를 생각해 보았다. 나는 민이 없는 미래를 그려본 적이 있던가? 그건 나도 마찬가지였던 것 같다.

그리고 며칠 후였다. 그날따라 같이 살던 친구가 오늘도 연구실에서 밤새는 거냐고, 몇 시에 올 거냐면서 꼬치꼬치 물었다. 얘가 또 어디서 무서운 이야기를 듣고 겁을 먹었나 했다. 오늘은 들어갈게, 라는 답장을 보낸 뒤 집에 갔더니 민이 준비한 이벤트가 나를 기다리고 있었다. 민의 부탁 때문에 친구가 귀가 시간을 재촉했던 거였다. 급하게 준비한 이벤트답게(?) 정말 소소한 프러포즈였다. 초코파이와 작은 초로 만든 하트, 그리고 민의 눈물…. 하지만 가슴의 벅참은 이벤트 규모와 상관없었다. 나는 민의 진심을 보았다. 활자로 전해줬던 울림과는 전혀 다른 감동이었다.

그날 저녁 나와 민 그리고 내 친구는 함께 맥주를 마셨다. 내 친구는 나와 민이 결혼을 약속한 걸 자기 일처럼 기뻐

했는데, 맥주를 들이켜다가 감정에 북받쳐 명언을 하나 남겼다.

"김정일의 독재를 피해 북한에서 도망친 민이 이제 남한에서 김이삭의 독재를 당하게 됐구나!"

단짠단짠

PART 3
비슷하게, 가끔은 다르게 삽니다

소수자가 불편하지 않은 사회

나의 최애인 대만 가수 채의림은 2015년 'PLAY' 콘서트에서 이런 말을 한 적이 있다.

"우리는 어렸을 때부터 무엇이 정상인지를 교육받습니다. 하지만 포용할 줄 아는 마음을 가져야 한다는 교육은 잘 받지 않죠. 다른 이를 받아들이려면 먼저 자기 자신부터 받아들일 수 있어야 합니다. 그래야 다른 모든 가능성도 받아들일 수 있지요."

"저는 여러분들이 엽영지의 이야기를 듣고, 더 많은 포용심을 갖기를 바랍니다. 먼저 자기 자신을 긍정하세요. 어쩌면 정말로 남들과 다를 수도 있겠지요. 하지만 그게 뭐 어때서요. 특히 연예인은 사람들의 긍정이 더 많이 필요하지요. 가끔은 저도 방향을 잃을 때가 있는걸요. 어쩌면 당신의 주변 사람도 도움이 필요할 수 있답니다. 그럴 때는 마음을 열어주세요. 그리고 손을 내밀어주세요."

정확히는 콘서트 중간에 '장미 소년' 엽영지에 관한 짧은 다큐멘터리 영상을 함께 시청하고 나서 했던 말이다.

엽영지는 실존 인물로 2000년 대만의 한 학교 화장실에서 피를 흘린 채로 발견되었다가 다음 날 사망한 청소년이다. 처음에는 의문사로 알려졌으나 오랜 재판 끝에 사고였다는 게 밝혀졌다. 수업 시간에 화장실을 갔다가 물탱크에서 샌 물에 넘어지면서 크게 다친 것이다.

그런데 엽영지는 왜 하필 수업 시간에 화장실을 갔을까? 그건 그(그녀)가 '여성'스러운 '남성'이라는 이유로 학교폭력과 성폭력에 시달렸기 때문이다. 남성인지 확인해 보겠다면서 바지를 벗기는 학우들의 폭력이 있었기 때문에, 엽영지는 아무도 없는 수업 시간에만 화장실을 갈 수 있었다.

엽영지의 죽음은 대만 사회에 경종을 울리면서 학교폭력과 성차별 문제를 수면 위로 부상시켰다. (2년 뒤, 대만에는 성별평등교육법이 통과되었다.)

채의림은 2019년 금곡상 '올해의 앨범상'을 수상했을 때 이런 소감을 밝히기도 했다.

"저도 어떤 상황에서는 소수자가 될 수 있다는 것을 엽영지를 통해 깨달았습니다. 그래서 저는 더 공감(同理心,

empathy)하면서 제 주변 사람들을 사랑하고자 합니다. 이 노래를 그(그녀)에게 바칩니다. 또한 온전한 자신이 될 기회가 없었다고 생각하는 이들에게, 선택권이 없었던 이들에게 이 노래를 바칩니다. 무엇보다도 먼저 자기 자신을 택해야 한다는 것을, 자기 자신을 지지해야 한다는 것을 꼭 잊지 마세요."

나는 이 장면을 보고 내가 채의림의 '철분(鐵粉)'이 될 것임을 확신했다. (철분은 중화권에서 골수팬을 의미하는 신조어이다.) 채의림의 말은 덕후 김이삭의 가슴만 두드린 게 아니었다. 인간 김이삭의 가슴도 함께 두드렸다.

사람을 차별하면 안 된다는 말에는 아마 모두가 동의할 것이다. 하지만 그게 소수자로서가 아닌 정상인으로서의 '나의 일'이 되는 순간, 놀랍게도 많은 이들이 차별을 합리화한다. 어디 그뿐인가. '남의 일'이라면서 아예 중립(?) 기어를 박고 방관한다.

하지만 우리는 언제든 소수자가 될 수 있다. 소수성의 반대말은 다수성이 아니라 정상성이니까. '정상'의 범주는 상대적이기에 같은 사람이라고 할지라도 언제, 어디에, 어떤 상황에 놓이냐에 따라 얼마든지 소수자가 될 수 있다.

다만 그 소수성이 같은 형태가 아니기 때문에 본질적으로는 다른 소수자와 맞닿아 있다는 것을 확연하게 알지 못하는 것이다.

그 이질감에서 동질감을 느낄 때, 그 '다름'이 사실은 '같음'이라는 걸 깨달았을 때, 우리는 타인에게 더 공감할 수 있지 않을까? 더 쉽게 자신의 '다름'을 긍정할 수 있지 않을까?

20년 가까이 중화권 가요계의 천후로 군림하면서 부와 명예, 인기를 거머쥐었던 알파걸 채의림도 소수자에게 공감할 수 있다는데, 그보다 평범한(?) 우리가 공감하지 못할 이유는 없지 않은가.

내게는 이런 일도 있었다.

민과 결혼한 뒤에 나는 종종 이런 질문을 받곤 했다.

"부모님이 반대하시지 않았어?"

상대가 친한 사람이면 나는 이렇게 답하곤 했다.

“부모님이 반대하실 수는 없었지. 난 아버지가 없거든.”

그럼 열이면 열, 상대는 당황했다. 누구를 당황하게 만들려고 한 말이 아니었는데도 말이다. 민이 북한 이주민일 수도 있다는 생각을 내가 전혀 하지 못했던 것처럼 내게 질문했던 사람들도 내가 한부모 가정에서 자랐을 수도 있다는 걸 미처 생각하지 못했을 것이다.

아버지가 없다는 나의 대답에 사람들은 무슨 생각을 했을까.

“한부모 가정입니다.”
“제 양육자는 부모가 아닌 다른 사람입니다.”
“혼자 아이를 키웁니다.”
“저는 함경북도가 고향입니다.”
“남자친구는 없고 여자친구가 있습니다.”
“저는 남성이 아닌 여성입니다.”

이런 말을 솔직하게 내뱉는 게 더는 어렵지 않았으면 좋겠다. 자기 자신을 긍정하며 솔직하게 내뱉었을 답들이 더는 듣는 이를 당황하게 만들지도, 불편하게 만들지도 않았으면 좋겠다.

도토리묵과 평양냉면

북한과 중국에서 초등학교를, 천안에서 중·고등학교를 다닌 민은 서울 소재 대학으로 진학하고 나서야 서울에서 거주할 수 있었다. 반면 나는 초·중·고·대를 모두 서울에서 다녔다. 민보다 서울 지리나 맛집을 더 잘 알았기에(학창 시절을 보낸 서대문구, 마포구, 종로구 한정이긴 하다.) 데이트할 때면 내가 주도해서 장소를 정하곤 했다. 어디에서 뭘 할지, 어느 식당에서 뭘 먹을지를 말이다. 민은 가리는 음식이 딱히 없어 어느 식당으로 데려가든 맛있게 먹었고, 음식 투정을 하는 일이 거의 없었다.

거의라는 건 몇 번은 있었다는 뜻이다. 내가 기억하기론 딱 세 번 그랬다.

한 번은 학교 근처 도토리 칼국수 가게에서였다. 맛집으로 유명한 곳이라는데 민은 평범한 칼국수집인 줄 알고 왔다가 '도토리'라고 적힌 메뉴판을 보고 질색했다. 자기는 도토리를 절대 안 먹는다나? 알고 보니 북한에 있을 때 끼니마다 도토리묵을 주식으로 먹어서 그 맛에 질렸다고 한다. 그 맛이 쓰고 떫었다는 걸 보니 물에 며칠 담가서 쓴맛을 빼지 않고 그냥 해 먹은 모양이었다. (지금도 민은 도토리는 물론 다른 묵 종류도 일절 먹지 않는다.) 민과 사귀는 동안 그가 북한 이주민이라는 걸 실감(?)할 일이 별로 없었는데, 이때는 확실히 와닿았다. 어렸을 때 먹고 체해서 혹은 그냥 맛이 없어서, 가 아니라 (식량난으로) 먹을 수 있는 게 그것뿐이라 질리도록 먹어서, 라는 답이었으니까. 지나치게 강력한 이유여서 그 뒤로 그가 도토리를 먹지 않는다는 걸 한 번도 잊어버린 적이 없다.

그다음은 평양냉면 식당에서였다. 정말 유명한 곳을 찾아갔는데(여름에 가면 무조건 줄 서야 한다.) 민은 돈이 아깝다며 혹평을 했다. 처음에는 현지랑 맛이 달라서 그러는 줄 알았다. 그런데 그게 아니란다. 북한에 있을 때도 평양냉면을 먹어본 적이 없어서 그게 무슨 맛인지도 모른다고 했다. 그냥 밍밍한 맛이라서 싫다고 했다. 이런 걸 저 돈 주고 왜 먹냐는 것이다. 내 딴에는 민이 좋아할 줄 알고 데려간 거였는데…. (우리 둘 다 평양냉면을 그때 처음 먹어보았다.) 학생식당에서 먹는 것보다 네 배는 더 비싼 음식을 사줬는데 민에게 혹평을 듣다니! 속이 다 쓰렸다.

이대로 포기(?)할 수는 없었기에 나는 민에게 다음에는 함흥냉면 맛집에 가보자고 했다. 함경도에서 태어나고 자란 민에게 어찌 보면 함흥냉면이 고향의 맛(?)이 아닌가. 그런데 민이 싫다고 했다. 누가 사주면 먹기야 하겠지만, 굳이 찾아가서 먹고 싶지는 않다는 것이다. (평양냉면은 누가 사준다고 해도 안 간다며.) 고향의 맛에 이렇게 야박하다니! 나는 그 뒤로 평양냉면 마니아가 되었는데 말이다.

마지막은 대만대 앞에 있는 케이크 가게에서였다. 나와 민 그리고 후배들이 대만 여행을 갔다가 마침 방학을 맞아 대만으로 귀국한 교수님(대만인)에게 연락을 드렸다. 우리의 방문을 크게 반긴 교수님은 현지 맛집 투어를 시켜주겠다고 하셨고, 여러 맛집으로 데려가 주셨다. 그중 한 곳이 간판도 없이 시간별 예약제로 운영하는 케이크 가게였다. 맛집답게 예약이 종일 차 있었다. 개시 시간에만 한 자리가 빈다는 말에 우리는 아침 일찍 그곳을 찾았고, 케이크와 파이를 종류별로 다 먹어보았다. (정말 맛있었다! 그 뒤로 대만에 갈 때마다 그 케이크 가게를 찾아갔다.) 그런데 민의 표정이 전혀 좋지 않았다. 정말 대놓고 싫어했다. 아침부터 케이크를 먹을 수는 없다나? 그러면서 유자 맥주는 또 열심히 들이켰다. 아침부터 맥주를 마시는 게 더 이상하지 않나…?

흔하지는 않은, 배우자의 가족

시부모님은 수양딸인 큰딸이 결혼할 때도, 조카들(민의 이종사촌 누나들)이 결혼할 때도, 다른 북한 이주민이 결혼할 때도 혼주를 하셨다. 지인의 결혼 소식만큼 빈번하게 전해졌던 소식이 시부모님의 혼주 소식이었다. 하루는 민이 결혼식에 간다고 했다. 같은 교회에 다니는 북한 이주민의 결혼식이라나. 이번에도 시부모님이 혼주를 하신다고 했다. 나는 민에게 물었다.

"무슨 혼주를 그렇게 자주 하시는 거야?"

그러자 민은 "흔치 않아서"라고 답했다. 자식과 함께 한국으로 넘어온 북한 이주민 중년 부부가 별로 없다고, 그래서 그런 부탁을 자주 받는다고 했다. 북한 이주민 중 적지 않은 수는 혈혈단신이니까. 부모와 함께 넘어오지 못하는 경우가 많았다.

게다가 한국 사회에서 결혼식은 '정상 가족'임을 드러내면서 또 다른 '정상 가족'을 이루는, 일종의 사회적 행사가 아닌가. 예식 순서만 봐도 그렇다. 양가 모친이 화촉을 밝히고, 신랑 신부가 양가 부모에게 인사를 하고…. 결혼이 개인 간의 결합이자 가족 간의 결합이라는 게 느껴진다고 할까? 혼주 대행을 세울지언정 혼주석을 없애거나 비우지는 못하는 문화라는 건 확실한 것 같다.

시부모님은 혼주를 하고, 또 하셨다. 다른 건 몰라도 혼주 부탁만큼은 거절하지 않으셨다. 입구에서 하객을 반기고, 혼주석에 앉아 신랑 신부를 축복하며 결혼식을 지켜보셨다. 다년간의 혼주 경험으로 자식 결혼식에서는 노련하게 잘할 거라 자부하셨던 시부모님이지만, 세상일은 기대하는 대로 되지 않았다. 맏아들인 민의 혼주를 하진 못하셨으니까. 왜냐고?

나와 민은 결혼식을 하지 않았다. 결혼식을 올려야 할 필요성을 (내가) 못 느껴서였다. 굳이 시간과 돈을 들여 그렇게까지 해야 하나 싶었다. 그래서 그냥 안 했다. 대신 나와 민은 같이 원어연극을 했던 학우들을 신혼집으로 불러 식사를 대접했다. 다 함께 밥을 먹고 술을 마시면서 시끌벅적하게 이야기도 나눴다. 내 친구만 부르거나 민의 친구만 불렀다면 둘 중 한 명은 불편했을 터인데 둘 다 아는 사람들만 모여서 그런지 아주 유쾌한 시간을 보낼 수 있었다.

친한 후배 두 명이 증인 서명을 해준 혼인신고서를 구청에 제출한 뒤, 나와 민은 공식적인 가족이 되었다.

본격적인 결혼생활 이야기에 앞서 간단히 민의 가족을 소개하고자 한다. 주관적인 구성이기에 소개가 편향적일 수 있으며 ○○를 소개한다면서 갑자기 ×× 이야기를 할 수도 있다.

시아버지 고향은 강원도이고 군에서 복무할 때 동갑인 시어머니를 만나셨다. 강원도 남자가 함경도 여자와 결혼할 수 있었던 건 군대 덕분(?)이었다. 가장 먼저 탈북한 시아버지는 중국에서 자리를 잡은 뒤 바로 남은 가족들을 중국으로 데려갔다. (그동안 민이 부재한 아버지를 대신해 나무를 하러 다녔다고 한다.) 중국에서 다 같이 숨어 지낼 때도 자식을 조선족 학교에 보내고, 아픈 시조카를 병원에 데려가 수술까지 시켜주셨다는데(그것도 어둠의 경로로 말이다.) 어떻게 해내셨나 싶다. 민은 자기가 부친의 성격을 닮아서 내향인이라고 말하곤 하지만, 딱히 그런 것 같지는 않다. 아버님은 내향인 치고 도전의식이 꽤 강하다. 외향인의 탈을 쓴 내향인이다. 몇 년 전까지는 이북순대를 팔자고 어머니를 설득하셨는데, 설득에 실패하자 요즘에는 전략을 바꿔(?) 시골살이를 꿈꾸고 계신다.

시어머니 고향은 함경북도이다. 시외할머니, 즉 시어머니의 어머니는 만주 땅에 있는 조선족 마을에서 살던 조선인이었다고 한다. 강제노역으로 끌려간 조선인 시외할아버지를 만나 결혼하셨다고. 광복 후 두 분은 조선 땅으로 돌아가려 했지만, 가다가 지치셨는지 두만강을 건너자마자 바로 둥지를 트셨다. (그곳도 조선 땅은 조선 땅이니까….) 그래서 시어머니의 형제들은 북한 고향 마을에 있고, 친척들은 중국에 있다. 전형적인 외향인으로 친구가 (매우) 많으며 이 구역 마당발이다. 내가 민과 싸운 뒤 어머니에게 하소연하면 무조건 내 편을 들어주신다.

첫째 시언니 중국에서 함께 한국으로 오면서 생사의 고난을 같이한 인연으로 가족이 되었다. 언니는 한국에서 결혼해 아이 셋을 키우는 워킹맘이다. 시조카들은(현재 중학생·초등 고학년이다.) 시부모님을 외조부모로 알고 컸고, 어렸을 때는 주말마다 (내게는 시댁인) 외조부모 집에서 머물렀다고 한다. 몇 년 전, 막내 시조카(여자아이라서 그런지 나를 유독 따른다.)가 내게 다가와 자기 엄마가 외조부모의 혈육이 아니라는 걸 알게 되었다고 고백(?)했다. 제법 충격이 컸던 모양이다. 그때 나는 이렇게 말했다. 숙모(나)도 피 한 방울 섞이지 않았지만, 그래도 모두가 숙모를 가족이라고 생각하지 않냐고. 그것과 똑같은 거라고, 우리 모두 가족이라고 말이다.

둘째 시언니 나와는 한 살 차이로 언니도 중문과를 나왔다. 민을 제외하면 가족 중 제일 친한 사람이 둘째 시언니가 아닐까 싶다. 나와는 성격이 전혀 다른데, 같이 있으면 편하고 재미있다. (같이 대만 여행도 몇 번 갔다 왔다.) 언니의 수많은 장점 중 하나가 뛰어난 요리 실력인데 그중에서도 언니가 해주는 홍소육*은 감탄이 절로 나오는 맛이다. 언니가 홍소육을 만들었다고 연락하면 나는 무조건 (굶고서) 시댁으로 간다. 홍소육을 먹을 때면 아버님의 순대 장사에 회의적인 반응을 보이던 나와 시동생마저도 대학교 앞에서 홍소육 컵밥 장사를 하자면서 언니를 회유(?)한다. 하지만 언니는 끝까지 넘어오지 않았다.

시동생 민보다 네 살 어리며 역시나 중문과를 나왔다. 빌리빌리**에서 왕홍(網紅, 인플루언서)으로 활동하기도 했다. (나름 인기가 많아 전속 계약도 맺었다고 한다.) 민의 절친으로 두 사람은 전화통화도 자주 한다. 어렸을 때 탈북해 북한에 관한 기억은 별로 없고, 교육과정도 한

* 돼지고기 삼겹살에 간장과 여러 향신료를 넣고 만드는 중국식 요리이다.

** 중국 UCC 플랫폼으로 중국판 유튜브라고 보면 된다.

국에서 마쳤다. 옴므파탈인지 여성에게 인기가 아주 많다. 시동생을 우연히 본 내 후배가 한눈에 반해서는 몇 달 동안 짝사랑했을 정도이다. 지금은 한 여성에게 정착해(?) 잘 사귀고 있다. 코로나 시대만 끝나면 베트남으로 가족 여행을 가자고 적극적으로 밀고 있는데, 과연 가능할지 모르겠다.

첫째 시사촌 언니 고모(내게는 시어머니)가 어디에 사는 줄 몰라서 탈북 후 사촌 동생인 민이 다닌다는 조선족 학교로 무작정 찾아갔다고 한다. 민이 사촌 누나들을 못 알아보는 바람에 이산가족이 될 뻔했다. 아이 둘을 키우고 있는 워킹맘이다.

둘째 시사촌 언니 몸이 좋지 않아 치료를 위해 언니와 함께 탈북했다고 한다. 언니도 아이가 둘이다. 주말부부라서 평일에는 육아를 전담하는데 시댁이 집 근처라서 자주 도움을 받는다고 들었다. 명절이면 고모네(내게는 시댁)로 오는데 집안에 쟁여둔 술을 하나씩 꺼내(마셔서) 비워준다. 물론 만류하는 사람은 없다. 이럴 때 여기가 아니면 또 언제 취할 때까지 술을 마셔보겠는가.

북한 이주민 남성이 한국에서 취업하기

민의 꿈은 영화감독이었다. 그러나 덕업일치를 위해 전략적으로 덕질 커리어(?)를 쌓은 나와 다르게 민의 덕질은 뭔가 2% 부족한 구석이 있었다. 박찬욱 같은 영화감독이 되려고 서강대 철학과로 진학했다는 것부터 좀 이상하지 않은가? (박찬욱 감독이 같은 대학 같은 과 동문이다.)

철학과에서 깎아먹은 학점을 중문과 어학 수업에서 만회한 민은 졸업 후 독립영화 조연출이나 상업영화 연출부로 일하면서 이런저런 경험을 쌓았다. 준비하던 영화가 엎어지거나 현장에서 여러 (좋지 않은) 일을 겪었음에도 민은 자기 일에 만족했다. 그렇게 쌓인 크고 작은 경험들이 언젠가는 단단한 토대가 되어줄 거라고 믿었다. 하지만 꿈이라는 것도 물질적 토대가 있어야만 지속할 수 있다. 민의 일은 경험이 될 수는 있어도 생계를 잇는 직업이 될 수는 없었다.

민은 고민 끝에 영화 일을 그만두었다. 정말 괜찮겠냐는 물음에 민은 이렇게 말했다.

"영화는 나이 들어서도 할 수 있어."

나는 민의 말에 알겠다고 답했다. 나도 동의하는 바였다. 덕업일치를 이룰 수 있다면 좋겠지만, '덕질'과 '현생'을 분리해 살아간다고 해서 불행한 삶이 되는 건 아니니까. 어찌 보면 덕과 업을 분리해야만 윤택한 덕질을 장기적으로 도모할 수 있다. (이건 내가 뮤지컬 일을 하면서 깨달았다. 공연을 많이 보려고 업계로 뛰어들었는데, 막상 종사자가 되자 내가 올리는 공연 외에는 다른 공연을 보러 갈 시간이 없었다.)

그 뒤로 나는 민의 취업을 적극적으로 도왔다. 여러 문제(?)로 회사에 적응하지 못했던 나는 민만큼은 자기 성향에 잘 맞는 회사에 취직하기를 바랐다. 그렇게 고르고 골라서 지원한 곳이 콘텐츠 회사나 홈쇼핑 회사, 게임 회사 등이었다. 물류회사나 무역회사보다는 좀더 유연한 기업으로 말이다.

굳이 취업할 때까지 사회적 소수자임을 드러낼 필요는 없었기에 민은 자기소개서에 북한 이주민이라는 걸 드러내지 않았다. 그런데 지원서를 작성하다 보니 복병이 숨어 있었다. 바로 병역 정보였다. (현행법상 북한 이주민도 군에 입대할 수는 있다. 그러나 실제로 입대하는 사람은 극소수다. 북한이주적이냐 아니냐를 두고 논쟁하는 한국에서 북한 이주민 남성의 입대는 정말 쉽지 않은 일이다.) 병역란에 '면제'를 선택하면 그 사유를 택하라고 뜨는데, 사유 리스트에는 '북한이탈주민'도 있었다. 그렇게 클릭하다 보니 민의 북한 이주민 신분을 감출 수 없었다.

서류 전형과 인적성 전형을 통과해 면접에라도 가면, 면접관들은 민에게 열이면 열, 북한 이주민 이야기를 꺼냈다. 호기심 때문이면 그나마 다행이었다. 어이없는 일도 있었다.

한 번은 해외 주재원을 뽑는다기에 모 기업에 지원했다. 중소기업이긴 해도 근무조건이 나쁘지는 않았다. 그런데 회사 대표가 민이 북한 이주민인 걸 확인하더니 해외 주재원이 아니라 현채인으로 오라고 했다. 당연히 채용공고에서 제시되었던 근무시간, 급여와 복지가 아니었다. (내 퇴사 사유를 기억하는가? 나는 주재원/현채인 문제에 매우 예민하다.) 더 웃긴 건 민이 기혼임을 확인한 대표가 와이프는 어느 학교를 나왔냐, 외국어를 잘하냐고 묻더니 자기가 해외에서 운영하는 식당 일을 네 와이프에게 맡겨야겠다고 했다는 것이다. 농담이 아니라 진담이었다. 나는 그 자리에 있지도 않았는데 말이다.

혹시라도 민이 취업해서 해외로 나간다면, 나는 현지 한국 학생들에게 중국어와 영어를 가르치는 일을 하려고 했다. 민 또한 나의 계획을 알고 있었다. 그래서 민이 완곡하게 거절하자 대표는 고마운 줄도 모른다면서 불쾌함을 드러냈다고 한다. (나는 그 말을 듣고 고마움은커녕 분노만 느꼈다. 그렇게 일을 시키고 싶으면 내게 직접 물어봐야지 왜 당사자가 아닌 민에게 물어보나?)

민의 취업도 내가 취업할 때만큼이나 다사다난했다. 내가 여성이라서 어려움을 겪었다면, 민은 북한 이주민이라서 조금 다른 형태의 어려움을 겪어야 했다. 어떤 문제에서는 내 상황이 좀더 나았고, 어떤 문제에서는 민의 상황이 더 나았지만, 오십보백보였던 것 같다.

몇 달 간의 구직활동 끝에 민이 취업했다. 광고회사였다. 업계에서 제법 큰 곳이었고, 민은 PD 직무를 맡았다. 당시 활발하게 중국 시장에 진출하던 광고회사들이 중국어 가능 인재를 대거 뽑으면서 민도 덕을 본 것이다. 또한 그곳은 병역기록도 확인하지 않았다. 일의 강도가 높아서 퇴사자가 많았고, 인력 공급이 수요를 따라가지 못했기에 그런 걸 확인할 여유(?)가 없었던 것 같다.

민은 직장생활에 만족했다. 화장실에서 용변을 보면서 업무 전화를 해야 할 정도로 바빴지만, 같이 일하는 사람들이 좋고 일이 재미있어서 즐겁다고 했다. 출장도 여행이라고 생각하면서 잘만 다녔다. 한 번 해외출장을 가면 몇 주는 귀국하지 못했는데, 주말마다 현지를 여행하며 내가 섭섭함을 느낄 정도(?)로 잘 지냈다.

민의 행복한 직장생활에 변화가 생긴 건, 우리 아이가 태어나면서부터다.

아빠 육아 보조금을 허하라

출산을 앞뒀을 때였다. 출산 경험이 있는 가족들(첫째 시언니, 첫째 시사촌 언니, 둘째 시사촌 언니)이 나를 볼 때마다 한마디씩 했다.

"북한 이주민 가정에 지원금을 주는 제도가 따로 있어."
"출산 지원금도 주고 애도 돌봐주니까 알아봐."

남북하나재단이나 지역복지센터에 연락해서 확인해 보라고 했다. 지원금이 있다니 한번 알아보았다. 다양한 제도와 서비스가 이것저것 많았다. 그런데 우리 가족은 해당사항이 없었다. 북한 이주민 '엄마'를 위한 제도였으니까. 북한 이주민 '아빠'는 예외였다.

왜 출산과 양육은 여성의 몫인 걸까? 남성이 출산이라는 행위는 못 해도 출산 준비는 가능하지 않은가. 출산과 양육은 부부 공동의 일 아닌가? 남남북녀라는 말도 그렇다. 남한 사람과 북한 사람이 결혼했다고 하면 다들 남남북녀만 떠올린다. 나와 민처럼 남녀북남도 있는데 말이다.

사실 우리 집도 출산만 내가 했을 뿐, 양육은 민이 전담했다. 회사를 잘 다니던 민이 어쩌다 육아를 전담하게 되었냐고? 회사를 너무 열심히 다녀서 그랬다.

딸아이가 생후 5개월 정도 되었을 때, 낯을 가리기 시작하면서 민을 보고 자지러지게 울었다. 내가 설거지를 하는 사이에 민이 아이를 안아주기라도 하면, 아이는 세상이 무너질 듯 통곡하며 내게 팔을 벌렸다.

한 번은 민에게 아이를 맡기고 외출했다가 일을 끝내지 못하고 집으로 돌아와야 했다. 아이가 아무것도 먹지 않고 울기만 한다고, 빨리 집으로 오라면서 민이 독촉전화를 한 것이다. 수화기 너머로 아이 울음소리가 들리는데 어찌나 질색하며 우는지 민의 목소리가 들리지 않을 정도였다. 황급히 택시를 타고 집으로 돌아와 보니, 아이는 곤히 자고 있었다. 나는 민에게 말했다.

"자네?"
"자는 게 아니야, 울다 지친 거야."

정말이었다. 아이는 눈을 뜨자마자 경기 일으키듯 울어댔다. 나는 깜짝 놀라 아이를 안았고, 아이는 내 얼굴을 확인하고 나서야 울음을 멈췄다. 안심과 함께 허기가 몰려왔는지 그제야 허겁지겁 젖병을 빨았다.

민은 무서웠다고 한다. 이렇게 아이가 울다가 무슨 일이라도 생기는 건 아닌지 걱정이 되었다고. 한참을 울던 아이가 기절하듯 잠들었을 때는 숨이라도 넘어간 줄 알고 심장이 덜컥 내려앉았다고 했다.

민은 일요일에만 쉬었고, 급한 일이 생기면 일요일도 쉬지 못했다. 취업 후 온전한 주말을 누린 적이 거의 없었다. 평일도 상황은 비슷했다. 출근 시간은 오전 11시까지였지만, 퇴근 시간은 새벽 2~3시였다. 민이 집에서 아이 얼굴을 볼 수 있는 시간은 30분 정도였으며 그마저도 자는 모습만 볼 수 있었다. (다른 집 아이들은 아침 일찍 깬다는데, 딸아이는 아기 때부터 아침잠이 많았다.) 그러다 해외출장이라도 가면 아이는 민의 얼굴을 한동안 구경도 하지 못했다.

아이는 사람과 눈을 마주치고, 사회적 웃음도 지었지만, 민을 보고 웃지는 않았다. 아이에게 민은 누군지는 모르겠지만 어디선가 본 적이 있는 남이었다.

민은 마침내 퇴직을 결심했다. 이렇게 계속 남 취급을 당하면서(?) 아이가 자라는 모습을 놓칠 수는 없다고 말이다. 물론 생계 걱정이 없기에 가능했던 일이다. 당시 나는 연 단위로 계약한 번역 일이 있었다. 큰돈은 못 벌어도 세 식구가 굶지 않을 거라는 확신이 있었다. 민은 직장을 그만두었고, 나 대신 육아를 전담했다.

세상에 홀로 크는 아이는 없을 것이다. 아이는 양육자의 시간과 애정을 먹으면서 자라난다. 그 후 2년간 딸아이가 잘 자라도록 자신의 시간과 애정을 쏟아준 건 내가 아니라 민이었다.

어떤 이들은 임신과 출산 그리고 육아가 당연히 여성의 몫이라고 한다. '북한 이주민 출산 지원 제도'만 해도 그렇다. 아빠는 지워지고 엄마만 남아 있지 않은가. 북한 이주민 여성이 남한 여성보다 임신·출산·양육을 할 때 더 큰 어려움을 겪는 것은 부정할 수 없는 사실이다. 한국 사회에 익숙하지 않은 이민자이고, 주로 (동반 가족이 없는) 혈혈단신이기에 도움을 받을 곳이 마땅치 않다. 나라가 제도적 지원을 해주는 건 당연한 일이다. 하지만 임신·출산·양육을 오롯이 여성의 일이라고만 여기지는 않았으면 좋겠다.
나와 민은 아이를 키울 때 양가의 도움을 많이 받았다. 따로 제도적 지원을 받지 못해도 상관없었다. 하지만 제도라는 건 지원을 받아도 그만, 안 받아도 그만인 나 같은 사람을 위해서 있는 게 아니라, 도움이 긴요한 사람을 위해서 있는 것 아닐까?

'남녀북남'으로 이루어진 북한 이주민 가정이 전국에 우리 하나뿐일까? 양육자의 역할을 도맡은 북한 이주민 남성이 과연 민 하나뿐일까? 아닐 것이다. 그리고 그중에는 도움이 절실히 필요한 가정도 있을 것이다.

제사는 안 지냅니다만

한국에서 가장 일반적인 명절 음식은 제사 음식일 것이다.(설날엔 떡국, 추석엔 송편이 추가되겠지만.) 반면 시댁은 제사를 지내지 않는다. 전직 공산주의자, 현 개신교 가족이니 제사를 지낼 리 없다. 제사를 지내지 않으니 명절에 먹는 음식도 확실히 다르다.

명절에 뭘 먹냐고? 그냥 맛있는 걸 먹는다. 갈비나 오징어 초무침처럼 한국 음식을 먹기도 하고, 홍소육 같은 중국 음식이나 얌운센* 같은 태국 음식을 먹기도 한다. 한식은 시어머니가, 그 외 음식은 둘째 시언니가 만든다. 이따금 식탁 위에 밴새나 전이 올라오기도 하는데 밴새는 따로 주문해서 먹는 거고, 전은 민의 자형이 (직접 만들어서) 가져오는 거다.

명절마다 빠짐없이 상에 오르는 음식도 있다. 이북 순대다. 굳이 따지면 순대야말로 우리 집의 명절 음식이 아닐까 싶다. 고향의 맛(?)이라는 특징 외에도 고강도 노동을

* 녹두 당면과 갖은 채소, 해산물, 피시 소스 등을 넣고 버무린 태국식 샐러드이다.

통해서만 만들 수 있다는 점에서 명절 음식으로서의 자질을 갖췄다고 할까.

순대 만들기의 시작은 재료 준비다. 축산시장에서 돼지 부산물과 다짐육을, 마트나 장에 가서 갖은 채소를 사오면, 시부모님은 본격적으로 순대 재료를 준비한다. 시아버님은 몇 시간 동안 돼지창자를 씻고, 시어머니는 속 재료를 준비한다. 속 재료로는 불린 멥쌀 혹은 찹쌀(가끔 둘 다 넣기도 한다.), 돼지비계, 다짐육, 선지, 채소 그리고 방아잎** 등이 있다. 그렇게 재료 준비가 끝나면 진짜 노동이 시작된다. 씻은 창자에 속 재료를 넣는 노동 말이다.

명절이면 모두(라고 썼지만, 한국 사회는 여성이라고 읽어야 한다.)가 둘러앉아 전을 부치는 것처럼, 김장용 대야 앞에 둘러앉아 돼지창자 안에 속 재료를 가득 담는다. 이걸 누가 하냐고? 집에 있는 사람 모두가. 남녀 구분은 없다.
다만 온 가족이 동원되지는 않는다. 순대를 명절 전에 준비하기 때문이다. 아직 오지 않은 가족 대신(?) 시부모님은 동네 이웃들(북한 이주민)을 불러서 순대를 만든다. 오

** 함경도에서는 흔한 식재료라고 한다. 시댁은 순대나 매운탕을 만들 때 방아잎을 넣는데, 방아라고 하지 않고 '내기'라고 부른다.

랜만에 모여 오순도순 이야기를 나누면서 순대를 만든다.

그렇게 만들어진 순대가 쌓이기 시작하면, 다음 단계로 돌입한다. 순대를 익히는 것이다. 가장 먼저 익힌 순대는 새참이 된다. 원래 부칠 때 집어 먹는 전이 제일 맛있지 않은가. 한쪽에서는 순대를 만들고, 다른 한쪽에서는 순대를 익힌다. 그런 뒤에 익힌 순대를 먹으면서 다시 순대를 만든다. 그렇게 몇 번을 반복하면 순대 노동이 끝난다.

시어머니는 도와주신 분들에게 순대를 넉넉히 싸주신다. 가끔 시부모님이 두부밥이나 순대를 얻어오시는 걸 보면, 품앗이로 노동력(?)을 갚고 오신 게 아닐까 싶다.

한번은 둘째 시언니에게 명절 때 순대를 왜 먹냐고 물어보았다. 언니는 이렇게 답해주었다.

"우리 마을에서는 순대가 잔치 음식이거든."

언니 말로는 돼지 잡는 날이면 꼭 순대를 만들었다고 한다. 돼지 잡는 날이 마을잔치를 하는 날이라고. 순대를 만들어서 마을 사람들에게 대접했다고 한다.

민과 결혼하기 전 내가 그의 집에 초대받았던 걸 기억하는가? 그날도 명절이었다. 명절이란 가족이 한자리에 모이고, 맛있는 걸 먹으면서 온정을 나누는 날일 것이다. 하지만 가족만 모이라는 법은 없지 않은가. 친구끼리 혹은 연인이나 이웃이 모일 수도 있다. 친척이 아니더라도 따뜻한 인정을 느낄 수 있다면, 명절을 제대로 보내는 게 아닐까? 그날 민의 집에 다른 북한 이주민이 모였던 것처럼 말이다.

그런 날에 순대처럼 좋은 음식도 없다. 이웃끼리 모여서 순대를 만들고, 같이 먹으면서 이야기를 나누고, 다 만들면 식구들과 나눠 먹으라며 넉넉히 싸주는. 그 자리에는 없지만, 갑자기 생각나는 사람이 있으면 순대를 가져가라면서 전화도 하고.

북한 이주민 중 상당수는 모일 가족이 없다. 한국에서 새로운 가족을 이뤘다고 해도, 두고 온 가족을, 헤어진 가족을 향한 그리움이 떠오르는 건 어쩔 수 없을 것이다.
평화통일이 된다면, 혹은 종전이 된다면, 남북 교류가 훨씬 더 적극적으로 이뤄진다면, 그때는 가족을 향한 그리움도 덜해지겠지. 하지만 그날이 언제가 될지, 기약할 수 없는 게 현실이다. 그날이 올 때까지 마냥 외롭게 기다릴 수는 없으니까. 그럴 때면 순대를 만들어 먹으면서, 왁자지껄 복작복작한 명절을 보낸다.

추억의 음식 '두부밥'

한국 사람들에게 알려진 북한 음식 중 하나가 두부밥이 아닐까 싶다.

북한의 길거리 음식이라고들 하든데, 민은 두부밥이 (길에서도 쉽게 살 수 있을 정도로) 흔하고 저렴한 음식은 아니라고 했다. 주로 명절 때 먹었던 별미라나. 장마당에서도 몇 번 사 먹은 적이 있는데 부모님이 큰맘먹고(?) 지갑을 열어서 사준 거라고 했다.

마을잔치를 벌일 때 먹던 음식(예: 순대)도 아니고 평소 자주 먹던 음식도 아니라서 그런지 시댁에서는 두부밥을 자주 하지 않았다. 일이 년에 한 번 정도? 그것도 열이면 열, 교회 행사 때문에 만든 거였다. (이건 북한 이주민에게 일종의 숙명과도 같은 거겠지? 나중에 나도 다른 나라로 이주한다면 이런 행사가 있을 때마다 김치나 떡볶이를 만들어가지 않겠는가. 내가 김치를 만들어본 적이 없고, 떡볶이를 즐겨 먹지 않는다는 건 전혀 중요하지 않을 것이다.)

나는 먹어본 북한 음식 중에 두부밥을 제일 좋아한다. 시어머니의 음식 솜씨가 워낙 좋아서 뭐든 다 맛있기는 하지만, 영양만점 비건 음식으로 이만한 음식도 없을 것 같다.

두부밥 레시피

1. 두부 한 모(□)를 대각선으로(×) 잘라 삼각형 모양 네 조각으로 만든다. 한 조각씩 눕힌 뒤 삼 등분해 총 열두 조각으로 만든다.
2. 키친타월로 두부 수분을 뺀다.
3. 밥을 넣을 수 있도록 가운데를 자른다. (두꺼운 유부초밥을 만든다고 생각하면 된다.)
4. 자른 두부를 기름에 튀긴다.
5. 식초와 소금을 조금 넣은 얼음물에 튀긴 두부를 넣는다. (그럼 두부가 부드러워진다.)
6. 건져낸 두부를 채반 위에 놓고 물기를 뺀다.
7. 고춧가루와 다진 마늘, 송송 썬 쪽파를 그릇 안에 넣고 두부 튀겼던 기름을 끓여서 붓는다. (기름 온도가 너무 높으면 양념이 타니 조심하자.)
8. 양념장에 간장과 소금을 넣어 간을 맞추고 물엿을 넣어 맛을 살린다.
9. 찹쌀과 멥쌀을 섞어서 지은 밥을 두부 틈 사이에 넣는다. (밥에 참기름을 살짝 넣으면 더 맛있다.)
10. 두부밥 위에 양념장을 얹어서 맛있게 먹는다.

깨알팁. 먹다 남은 두부밥은 냉장고에 넣고 보관하다가 전자레인지에 데우면 된다.

딸이 뭐가 어때서

내가 태어났을 때 할머니는 손녀인 나를 보러 오지 않았다고 한다. 딸이라서. 첫째인데 딸이라서 그랬단다. 모친에게는 서러운 기억으로 남아 있지만, 사실 내게는 기억도 나지 않는, 딱히 중요하지 않은 과거다.

나는 장녀로 태어났지만, 흔히 말하는 K-장녀와는 조금 다른 삶을 살았다. 돈이 없어서 안 된다는 말은 들은 적이 있어도 여자라서 안 된다는 말은 들은 적이 없고, "너는 애가 대체 왜 그러니?"라는 말을 들은 적은 있어도 "여자애가 대체 왜 그러니?"라는 말은 들은 적이 없다.

무엇보다 우리 집은 내가 초등학생이 되었을 때부터 모친이 가장이었기에 굳이 따지면 가모장제 가정이었다. 집안 대소사를 정하는 건 모친이었지만, 직장생활로 바빴기에 딱히 자식들을 통제하지 않으셨다. 그래서 나는 (돈이 들거나 남에게 피해를 주지 않는 선에서) 하고 싶은 대로 마음껏 하면서 살았다.

공부 좀 하라는, 그 흔한(?) 잔소리 한번 들은 적 없으니 정말 자유롭게 살았던 것 같다. 학교 시험을 코앞에 두고 도서관에서 소설을 빌려 읽어도 누구도 내게 뭐라 하지 않았다. 세계문학을 읽든, 무협지를 읽든, 내 선택에 간섭하는 이가 없었다. 알아듣지 못하는 (자막 없는) 대만 드라마를 매일 봐도 리모컨을 빼앗으며 채널을 돌리는 이도 없었다.

내가 덕후로 자라날 수 있었던 건(?) 사실 다 가정환경 덕분이었다. 그런데 성인이 되고 보니 사회는 내가 자라온 세상과 너무 달랐다.

성리학의 유령이 떠도는 세상 같다고 할까. 문화충격을 받은 나는 도시에 간 시골 쥐처럼 적응을 못 했다. 그래서 어떻게 했냐고? 시골 쥐처럼 집으로 돌아갔다. 큰 고난을 마주할 때마다 빠르게 도망을 친 것이다. 어쨌든 내 세상은 평온했으니까. 돌아가면 그만이라고 생각했으니까.

첫 직장 에피소드를 기억하는가? 나는 회사에 남아 회사를 바꾸려고 노력하는 대신, 떠나는 걸 택했다. 퇴직서에 퇴사 사유를 "사내 성차별"이라고 적고(그래서 인사팀과 면담해야 했다.) 적극적으로 항의하기는 했지만, 더는 회사에 남을 필요가 없기에 가능했던 거였다. (당시 내가 다닌 회사는 여의도에 있었는데, 면담을 한 팀장이 여기 말고 옆으로 가라고 했다. 국회 가서 정치나 하라고.)

그렇게 도망만 다니던 내가 더는 도망가지 않겠다고 결심한 건, 딸을 키우면서부터다. 나처럼 열심히 도망치라면서 딸에게 달리기 연습을 시킬 수는 없지 않겠는가. 육아의 최종 목표는 아이의 독립이라고 하는데, 아이에게 홀로 서는 법을 가르치려면 도망치지 않고 버티면서 싸우는 법을 내가 먼저 배워야 했다.

그래서 결혼 후 처음으로 시댁에서 싸움(?)을 했다.

오랜만의 가족 여행에 나타난 아주버니(주의: 지금은 남이 되었다.)가 딸자식은 자식이 아니라며 나보고 애를 하나 더 낳으라는 게 아닌가. 그때 나는 이성의 끈이 끊어지는 줄 알았다. 그래도 시댁이었기에 사회적(?) 인간이 되고자 노력했던 나는 웃는 낯으로 열심히 항의했고, 손녀 바라기였던 시부모님도 내 편(사실 손녀 편)을 들어주셨기에 아주버니의 멱살을 붙잡지 않고 넘어갈 수 있었다.

여행에서 돌아온 뒤 나는 시어머니에게 농담을 가장(?)한

진담을 던졌다. 앞으로 저런 말이 또 나오면 바로 경찰 부르라고. 내가 틀림없이 멱살을 잡으면서 몸싸움을 벌일 거라고 말이다. 내 항의 때문인지 시어머니가 따로 경고하신 건지, 그 뒤로 다시는 딸이라서, 라는 말을 들은 적이 없다.

사실 이때 일로 민과 한 번 더 싸웠다. 그런 말을 듣고도 어떻게 가만히 있을 수 있냐며 민에게 따졌다. 그냥 버티기만 하면 무슨 소용이 있단 말인가. 싸우기도 해야지. 그래야 상황에 변화가 생길 것 아닌가. 그런데 민은 어차피 말해도 바뀔 사람이 아니라며 또 내 속을 뒤집는 말을 했다. 누가 사람을 바꾸자고 했나? 뱉으면 안 되는 말이라는 걸 알려주자는 거지. 생각이야 개인의 자유이지만 다른 사람 앞에서 말로 뱉는 건 다른 문제 아닌가?

중국어에 "饭可以乱吃, 话不能乱讲(밥은 아무거나 먹어도 말은 아무 말이나 뱉으면 안 된다.)"라는 표현이 있다. 차별적인 말은 하지 말아야 한다. 헛소리일지라도 큰 소리로 자꾸 내뱉으면 동조하는 이가 하나둘 늘어난다. 결국 헛소리도 맞는 소리가 된다. 그럴 땐 벌거벗은 임금에게 소리 지른 아이처럼 외쳐야 한다. "그런 말은 하는 게 아니야!"라고. 그래야 더는 헛소리를 듣지 않을 수 있다.

단짠단짠

PART 4

그렇게 가족이 된다

한국인 번역가 김 여사의 눈물

아이 양육을 전담하던 민이 다시 일하기로 했다. 내 외삼촌이 운영하는 회사에서 일을 돕기로 한 것이다. 민은 충청도로 내려가야 했지만, 나는 서울에서 하는 일이 있었기에 같이 갈 수 없었다. 우리는 주말부부가 되기로 했다.

민이 충청도로 내려가기 전, 우리는 거의 한 달 동안 매일 외출했다. 아이에게 추억을 만들어주고 싶었기 때문이다. 평소처럼 동네 산책을 하거나, 평소에는 멀어서 가지 못했던 체험관, 공원, 박물관을 찾아다녔다. 다른 일정을 다 취소하고 강원도 여행을 가기도 했다. 추억을 너무 열심히 쌓아서인지(?) 아이는 민이 지방으로 내려가자 "우리는 원래 세 사람이잖아."라면서 슬피 울곤 했다.

그래도 시간이 지나자 아이는 적응했는데, 문제는 나였다. 내가 적응할 수 없었다.

나는 낮에는 번역을, 밤에는 틈틈이 소설을 썼다. 재택근무가 가능한 일이라고 해서 일의 강도가 덜한 건 아니었다. 집에서 일한다고 해서 아이까지 돌볼 수 있는 것도 아니고. 아이가 아프거나 어린이집에 가지 않겠다고 고집이라도 부리면 모든 일정이 틀어졌다. 그렇다고 최소한으로 줄인 일마저 그만둘 수는 없었다.

그때 가족들이 구원투수로 나섰다. 같은 도시(서울)에 산다고 해도 대중교통으로 30분 혹은 한 시간이 걸리는 거리였다. 하루는 가양동 할머니, 그다음 날은 홍제동 할머니, 또 그다음 날은 고모(둘째 시언니)가, 또 그다음 날은 할아버지가, 이렇게 돌아가면서 육아 공백을 채워줬다.* 다들 직장을 다니면서 쉬는 날엔 어린이집 하원 시간에 맞춰서, 출근하는 날엔 퇴근하자마자 육아에 투입(?)되었다. 둘째 시언니는 퇴사 후 재취업하기 전까지 아예 우리 집에서 같이 살면서 육아를 도왔다.

내가 온 가족의 도움을 받으면서까지 일을 그만두지 못했던 건 경력 때문이다. 특히 문학 번역 경력을 놓칠 수 없었다. IT 신문기사를 오래 번역했던 나에게 중국 문학 번역가인 모 선생님이 소설 번역을 해보겠냐면서 에이전시를 소개해 주셨다. 문학 번역 경험이 없었던 나로선 생각

* 우리 집은 딸아이에게 친할아버지나 친할머니 혹은 외할머니라는 말을 가르치지 않았다. 그냥 할아버지, 할머니라고 불렀다. 다만 할머니가 두 명이라 구분해야 할 때가 있어 사는 동네를 붙여서 가양동 할머니, 홍제동 할머니라고 불렀다.

지도 못했던 기회였다.

지금 와서 생각해 보면 그때 나는 운이 좋았다. 하필이면 그 작품들이 대만 장르소설이라(?) 에이전시가 역자를 못 구했던 거다. 대만은 간체자(簡體字)가 아닌 정체자(正體字, 혹은 繁體字)를 쓰는 나라지만, (한중 수교 이후에 중국어를 배운 젊은) 한국인 번역가들은 간체자에 더 친숙하다. 게다가 장르문학은 서브 컬처로서의 특징이 강했기에 원래 장르문학을 즐겨 보던 독자가 아니면 그 맛을 살리며 번역하기가 쉽지 않다. 내가 정체자를 읽을 수 있으며 장르문학 작가라는 걸 알게 된 에이전시는 게임 판타지 소설과 19금 GL 소설의 번역 작업을 부탁했다. 초보 번역가인 나에게 기회가 온 것이다. 그것도 동시에 두 개나.

나는 바로 기회를 붙잡았다. 번역은 독해와 창작의 경계를 오가는 작업이 아닌가. 재미가 있으니 점점 더 일 욕심이 생겼다. 그래서 작품만 마음에 들면, 번역 난이도가 높아도 일을 수락했다. 의학 소설이어도, 고전문학 인용이나 인터넷 용어 사용이 빈번한 작품이어도 상관없었다. 수입에 비해 시간 소요가 많고 마감 기한도 촉박했지만, 일이 재미있었기에 업으로 삼고 싶었다. 가족들이 적극적으로 지지하면서 도와주지 않았더라면, 내 경력은 얼마

버티지 못하고 단절되었을 것이다.

세 번째 작품(웹소설)을 번역할 때였다. 베이징 국제도서전을 주최하는 중국도서진출구(집단)총공사가 국가별로 청년 번역가를 선발하니 한번 신청해 보라는 연락을 받았다. 중국어로 이력서와 자기소개서를 작성해 메일로 보내라기에 써서 보냈는데, 덜컥 선발이 되었다. 도서전 기간에 맞춰 여러 활동이 잡혀 있으니 정해진 날짜까지 베이징으로 오라고. 서둘러 비자를 신청하고 원하는 항공편을 알려달라는 공지도 받았다.

뽑혔다니 기쁘기는 한데 '내가 가도 되나?'라는 생각이 제일 먼저 들었다.

좋은 경험을 할 수 있는 자리였다. 해외 번역가들을 만나고, 중국 작가들과 토론하고, 중국 출판계 사람들과 교류하면서 인맥을 쌓는 건 누가 봐도 경력에 좋은 일이었다. 하지만 가지 않는다고 해서 내 경력에 마이너스가 되는 건 아니었다.

아이가 걱정되었다. 열흘 동안 아이를 어디에 맡긴단 말인가? (제일 먼저 시댁이 떠오르기는 했다.) 그래도 내가 주 양육자인데, 경력 욕심 때문에 아이를 두고 가는 게 과연 맞을까? (민과 모친도 굳이 중국까지 가야겠냐며 불만스레 물어보았다.)

그런데 시어머니가 아이 걱정은 하지 말라고, 잘 데리고 있을 테니 갔다 오라고 하셨다. 나는 그 말을 듣고 기뻐했지만, 민은 바로 안 된다고 했다. 자기도 지방에 있는데 나까지 없으면 안 된다며 아이를 걱정했다. (민은 사실 내가 애를 볼 때도 안심을 못 한다.) 그러자 시어머니는 너만 아이 보호자냐면서, 나도 할머니라고, 손녀를 구박하는 것도 아닌데 왜 나를 믿지 못하냐며 서운해하셨다. 시어머니가 이렇게까지 나오자 민도 더는 반대하지 못했다.

그렇게 나는 어부지리로(?) 중국에 갔다. 직접 가보니 정말 좋았다. 작가 교류 행사나 번역가 교류 행사, 콘텐츠 포럼에 참가하면서 견문도 넓혔고, 인맥도 쌓았다. 중국 음식도 실컷 먹고, 다른 번역가들과 덕질 토크도 열심히 했다. 일정이 없을 때는 자유시간도 가졌다. 출산 후 몇 년 만에 갖는 혼자만의 시간이었다. (그런데 너무 오랜만에 만끽한 자유라서 그런지 딱히 하고 싶은 게 없었다. 그래서 노트북 들고 카페에 가서 일만 했다.)

그 와중에도 아이 생각이 나는 건 어쩔 수 없나 보다. 시간이 날 때마다 아이와 영상통화를 했다. 아이는 그날 있었던 일을 미주알고주알 알려주면서 언제 돌아오냐고 물었다. 나 없이도 잘 지내는 아이를 보니 고마운 마음이 들면서도 내심 내가 돌아오기만을 기다리는 것 같아 미안했다.

그런데 이런 마음을 품은 사람이 나 말고도 많았다. 프로그램에 참여한 번역가 중 상당수(마흔이 넘은 '청년' 번역가도 많았다.)는 자녀가 있었고, 이런저런 이야기를 나누면서 친해지니까 다들 휴대폰에 저장된 아이 사진을 보여주었다. 이들도 나처럼 아이를 두고 외국에 왔으니까, 하나같이 아이를 걱정하고 있었다.

주 양육자로 아기를 돌봐왔다는 스웨덴인 번역가(홀로 아기를 돌보며 고생하는 아내에게 무슨 선물을 주는 게 좋겠냐면서 아이디어를 달라고 다른 번역가들을 독촉하기도 했다.)는 아기가 아빠를 찾는다는 연락을 받고 근심했고, 얼마 전에 출산했다는 조지아인 번역가는 젖먹이 걱정에 눈물을 흘렸다. 아, 나도 번역가끼리 있을 때 울었더라면 덜 창피했을 터인데….

나는 신간 발표회에 참가했다가 눈물을 쏟았다. 동시 작가의 낭송을 듣는데 순간 딸아이가 내게 말을 거는 줄 알

왔다. 눈물이 갑자기 터져 나오면서 그치지를 않았다. 그 모습을 본 작가가 자기도 워킹맘이라고, 내 마음을 이해할 수 있다면서 날 안아주었다. (이 일을 계기로 작가와 친해졌는데 언론 인터뷰 때 내 이야기를 하는 바람에 '한국인 번역가 김여사의 눈물'이 중국 신문기사에도 나왔다.)

요즘도 생각한다. 한 아이를 키우려면 확실히 온 가족이 필요하다고. 하지만 온 가족이 나설 수 없다면, 그때는 어떻게 해야 하는 걸까. 한국의 출생률이 OECD 회원국 중에서도 최하위권이라는데, 한 아이를 키우려면 온 마을이 필요하다는 아프리카 속담처럼 이제는 본격적으로 마을과 사회가 나서야 하지 않을까?

그리고 한 아이를 키우기 위해 너도나도 나섰던 우리 가족도 아이 보육을 맡아줄 기관이 없었더라면 버티지 못했을 것이다. 낮에는 다들 일해야 했으니까. 그래서 나는 작가가 된 뒤로 출간 때마다 한 권씩 어린이집 선생님에게 보내드린다. 감사의 인사랄까. 어린이집 선생님은 내 딸만 돌봐주신 게 아니었다. 내 경력도 같이 돌봐주셨다. 내가 번역 일을 이어갈 수 있었던 것도, 작가가 되어서 책을 출간할 수 있었던 것도 다 어린이집 선생님들 덕분이다.

첫 번째 앤솔로지를 출간했을 때

내가 작가가 된 계기는 아주 단순했다. 나와 민, 아이 그리고 시언니와 같이 2017년에 대만 남부 여행을 갔다. 대만판 부산이라고 할 수 있는 가오슝(제2의 도시이자 무역항)과 대만판 경주라고 할 수 있는 타이난(고도古都)을 여행했는데, 그중에서도 타이난은 어느 가게로 들어가든 다 맛집(!)인 맛의 고장이면서도 내가 덕질하던 분야가 총집합된 덕후의 도시였다. 청나라 옛 거리, 여전히 사용되는 근대 건축물, 쉽게 찾아볼 수 있는 민간신앙의 흔적 등등.

여행에서 보고 느꼈던 걸 활자로 남기고 싶어서 기행문 같은(?) 호러 단편소설을 썼다. 지옥문이 열린다는 중원절(中元節, 한국에서는 '백중百中'이라고 한다.)에 해외출장을 간 한국 남성이 타이난에서 바람을 피웠다가 지옥으로 끌려간다는 내용이다. 글을 다 쓴 뒤 민에게 보여주니 민이 인터넷에 올려보라고 했다. 그래서 황금가지 출판사가 운영하는 온라인 소설 플랫폼에 올려보았다. 그런데 며칠 뒤 '편집장의 시선'이라는 추천 코너에 뽑히면서 "저자의 내공이 엿보"인다는 짤막한 평을 받았다.

생전 처음 써본 소설인데 내공이 엿보이다니! 알고 보면 나는 천무지체*인가? (절대 아님.)

꾸준히 쓰면 더 잘 쓸지도 모른다는 생각에 틈틈이 소설을 썼다. 작은 공모전에서 수상도 했고, 단편을 계약하기도 했다. 소설을, 그것도 장르소설을 써서 생계를 잇는다는 건 아마추어인 내가 봐도 어려운 일이었다. 그래서 나는 전업작가가 되겠다는 꿈을 꾸지 않았다. 번역으로 생계를 이으면서 쓰고 싶은 글을 써야겠다고 생각했다. (놀랍게도 4년 뒤에 나는 창작으로 생계를 이으면서 하고 싶은 작품만 골라서 번역하는 사람이 되었다.)

하루는 대만 역사 저널 사이트에서 칼럼을 읽다가 진나라 귀신에 관한 글을 보았다. 중국 후베이성 윈멍(雲夢)현에서 발굴된 진나라 묘에서 죽간이 발견되었는데 귀신 기록이 종류(?)별로 있었다나? 그중 애귀(哀鬼)라는 귀신도 있었다고 한다. 다른 귀신에게 배척당한 애귀는 늘 사람과 함께했는데 '애귀'와 함께한 사람은 얼굴이 창백하고 식욕을 잃었으며 깨끗한 것을 좋아했다고 한다.

* 무협 소설 용어로 천부적인 자질을 타고난 몸이라고 이해하면 된다.

이 구절을 읽는 순간 나는 애귀를 소재로 단편을 써야겠다고 결심했다.

메인 캐릭터 중 하나가 '애귀'이니 그다음은 '사람'이었다. '애귀'와 함께하는 사람은 대체 어떤 사람이면 좋을까? 그때 탈북 여성이 떠올랐다. 왜 하필 탈북 여성이었냐고? 글을 구상했던 시기가 2018년이라서 그런 것 같다. 남북정상회담이 열렸던 해 말이다. 한국 대통령과 북한 국무위원장이 악수하는 모습을 보고 시민들이 환호했던, 갑작스레 증가한 손님 때문에 평양냉면 식당이 문전성시를 이뤘던 해였다. 종전을 향한 시민들의 염원이 그때처럼 강했던 시기도 없었을 것이다.

하지만 나라 간 전쟁이 끝난다고 해서 모든 싸움이 끝나는 건 아니었다. 누군가는 여전히 과거와 싸우고 있었고, 또 다른 누군가는 현재와 싸우고 있었다. 삶이 전쟁터였다. 북한 이주민의 삶도 그러했다. 특히 북한 이주민 여성들의 삶이.

나는 '애귀'와 북한 이주민 여성을 하나의 이야기로 엮기로 했다. (그전에는 북한 이주민에 관한 글을 써본 적이 없다. 나와 너무 가까웠기에 이들의 삶을 창작의 소재로 생각한 적이 없었다.)

탈북자의 탈북 과정이나 중국에서의 삶, 그리고 북한 이주민의 삶처럼 내가 잘 아는 이야기도 없을 터인데(?) 막상 쓰려니 쉽게 쓰이지 않았다. 혹시라도 내가 쓴 글이 사람들의 편견을 강화할까 봐, 실재했던 고통을 함부로 전시할까 봐 걱정되었다. 내 글을 읽은 북한 이주민이 상처라도 받을까 두렵기도 했다.

고민 끝에 애귀의 시선으로 어떤 북한 이주민 여성의 삶을 그려낸 환상소설 「애귀」를 썼다. 플랫폼에 올린 지 몇 달이 지났을 때였다. 편집자로부터 내 글을 여성 서사 '앤솔로지'에 수록하고 싶다는 연락을 받았다. 계약한 다른 단편들은 언제 출간될지 기약이 없었는데, 가장 늦게 계약했던 「애귀」가 책으로 제일 먼저 나왔다.

첫 출간작이니 가족들도 관심을 보였다. 민을 제외하고 제일 먼저 책을 읽은 사람은 둘째 시언니였다. 언니는 내게 혹시 소재가 부족했던 건 아니냐며 소재가 필요하면 얼마든지 말해주겠다고 했다. 언니는 내 소설 속 캐릭터의 삶이 너무 순한 맛(?)이라고 했다.

언니는 몰랐을 것이다. 순한 맛이라고 평해진 그 글도 나는 극심한 스트레스를 받으면서 썼다는 것을. (진짜로 울면서 썼다.) 그보다 더 심한 걸 쓴다면, 그건 고통 전시가 아닐까? 가끔은 이런 생각을 한다. 북한 이주민의 고통스러운 경험을 너무 많이 들은 나머지 고통에 무뎌진 건 아닐까, 라고. 당사자인 북한 이주민조차 말이다.

「애귀」를 끝으로 더는 북한 이주민에 관한 소설을 쓰지 않았다. 소수자성을 파는 것 같아서 부끄러웠기 때문이다. 그런데 그마저 팔아주는 이가 너무 없다. 너무하다고 생각할 정도였다.

출판계의 '빛과 소금'이자 '적독가'인 나는 북한 이주민과 관련된 책만큼은 일단 다 사서 읽는다. (일 년에 몇 권 안 나온다.) 탈북자나 북한 이주민의 현재를 조명하고 미래를 가늠해 보는 책을 선호하고, 탈북 수기나 북한 이주민을 객체처럼 다루는 글은 피하는 편이다. 그런데 하나씩 제외하다 보니 읽을 게 없다. 가뭄에 콩 나듯 출간되는데 겨우 나온 콩마저도 내 입맛이 아니라니, 그럼 나는 무엇을 먹을 수 있단 말인가? 아니지, 이게 문제가 아니었다. 나마저도 안 팔아주면 앞으로 누가 또 콩을 심겠는가? 그렇게 생각하자 북한 이주민을 객체로라도 다뤄준 게 어딘가, 하는 생각이 들었다. 존재 자체가 지워지는 것보다는 낫겠지….

기회가 된다면, 북한 이주민을 주체로 그린 장편소설을 쓰고 싶다. 북한 이주민 사이에서도 존재가 지워진 비체로 남아 있는, 그런 존재들의 목소리를 되살린 글을 쓰고 싶다.

북한 이주민 2.0세대

시부모님이 북한 이주민 1세대라면 한국에서 청소년기를 보낸 민은 북한 이주민 1.5세대일 것이다. 그동안 1세대나 1.5세대에 관심이 많았다면, 요즘 내 관심사는 2세대다. 탈북한 부모 세대가 중국이나 제3국 혹은 한국에서 낳은 아이들. 딸아이와 시조카들도 북한 이주민 2세대이다 보니 자연스레 내 관심도 옮겨간 게 아닐까 싶다.

그리고 내가 가장 고민하는 세대이기도 하다.

목동에서 학생을 가르칠 때 이런 일이 있었다. 사교육이 발달한 지역답게(?) 목동 학군에 있는 학교는 사교육을 전제로 학교 수업을 진행하는 경우가 많았다. 특히 영어가 그랬다. 중2 영어 수행평가로 '3분 스피치'를 시키다니. 한국어 3분 연설도 쉽지 않을 텐데 아이들이 무슨 수로 영어 연설을 한단 말인가? 심지어 시험 성적과 직결된 수행평가였다. 어렸을 때부터 영어를 따로 배운 애들이야 곧잘 했지만, 적지 않은 아이들이 누가 대신 써준 원고를 외워서 발표했다. 사교육을 받지 않는 아이들은 구글 번역기인 '파파고'에라도 의존해야 했고.

어느 날 영어 수행평가를 끝내고 온 학생이 말했다. 오늘 영어 시간에 앞으로 나와서는 "하이. 땡큐. 바이."만 외치고 들어간 친구가 있었다고. 나는 그 말을 듣고 말했다.

"와. 대단한 친구네요. 용기가 엄청나군요?"

진심이었다. 모두가 열심히 하는데 혼자 다르게 행동한다는 건 큰 용기가 필요한 일이니까. (특히나 성적으로 학생의 자질을 판단하는 목동 학군에서 말이다.) 보통은 하는 척이라도 하기 마련이었다.

"네. 그 친구가, 영어를 못 해요. 탈북자? 그렇대요."

순간 나는 말문이 막혔다. 탈북자라는 말 한마디에 여러 맥락이 떠오르고 수많은 서사가 그려졌다. (내 상상과 달리 당사자는 아무렇지 않았을 수도 있다. 영어 수행평가를 포기한다고 세상이 무너지는 것도 아니지 않은가.)

북한 이주민 1세대의 주된 문제가 '한국 사회 적응'이었다면 1.5세대와 2세대가 겪는 문제는 좀더 복잡한 양상을 띤다. 더는 개인의 적응 문제라고 볼 수 없다고 할까. 한국 사회에 적응하면 괜찮아질 거야, 네가 먼저

다가가며 노력하면 돼, 라고 말하면서 눈 가리고 아웅 할 수 없는 단계인 것 같다. 1세대에게 가해졌던 노골적 혐오만큼은 아니지만 1.5세대와 2세대가 마주하는 혐오는 더 교묘하고 은밀하며 복잡하다.

북한 이주민이 사는 임대아파트만 해도 그렇다. 북한 이주민이 사는 임대아파트는 주로 지역이 정해져 있는데(다른 지역이더라도 빈집이 있으면 신청할 수 있긴 하다.) 서울에서는 목동 학군이 있는 양천구가 정해진 지역 중 하나였다. 민과 결혼 후 내가 7년간 살았던 임대아파트도 양천구에 있었다. 평소엔 느껴지지 않던 혐오가 아파트값 그리고 교육 문제와 엮이면 확실히 체감된다.

북한 이주민 2세대인 딸아이를 키우고 있는 나는 이런 상황에서 무엇을 해야 할까. 아직은 잘 모르겠다. 일단 평소처럼 열심히 읽고 쓸 수밖에.

이 같은 문제에 관심 있는 이들에게 『나는 옐로에 화이트에 약간 블루-차별과 다양성 사이의 아이들』이라는 책을 추천하고 싶다. 계층 격차와 다문화 문제를 겪고 있는 영국 사회에서 20년 넘게 살아온 일본인 저자가 중학교에 입학한 아들이 겪었던 일을 관찰하면서 쓴 책이다. 원래는 에세이 쓸 때 참고하려고 읽었지만, 에세이 창작보다는 사람으로 살아가는 데에 큰 도움이 된다.

또 다른 책으론 '손안의 통일' 시리즈 중 『분단을 건너는 아이들-탈북 청소년 수기』다. 쿠크다스 멘탈을 자랑하는(?) 내가 읽다가 울컥하는 바람에 여러 번 읽기를 멈췄던 책이다. 다소 보수적인 시선으로 엮였지만, 안에 담긴 탈북 청소년들의 목소리를 더 많은 이들이 들어주면 좋겠다.

그리고 책 소개는 아니지만, 시조카와 있었던 에피소드 하나를 덧붙일까 한다. 충청도로 이사 온 지 얼마 되지 않았을 때, 시조카가 놀러 와 일주일 정도 지내다가 갔다. 하루는 보조 바퀴 없이 자전거 타는 법을 가르쳐주려고 호수공원으로 향했는데, 가는 길에 터널을 지나게 되었다. 차도 양쪽에 울창한 가로수가 늘어서 있고, 뻗은 길이 굽이지면서 터널 속으로 빨려 들어가는 듯한 모양새라 신비로운 분위기를 자아내는 곳이었다. 민은 아이들(딸아이와 시조카)에게 이렇게 외쳤다.

"우리는 이제 마법의 터널을 지날 거야. 저 터널을 지나면 가고 싶은 곳에 갈 수 있어! 너희는 어디를 갔으면 좋겠어?"

딸아이는 가장 좋아하는 장소인 "놀이터!"를 외쳤고, 초등학교 고학년인 시조카는 "엄마 아빠의 어린 시절로 가 보고 싶어요!"라고 답했다. 나는 웃으며 "그럼 우리 이제 북한으로 가는 거야?"라고 말했다. '그제야' 자신의 부모가 북한에서 자랐다는 걸 떠올린 시조카가 "그러네요. 그건 좀…."이라며 웃었다.

북한 이주민 2세대인 딸과 시조카에게 북한이 바로 떠올리지는 못해도 잠깐 생각했을 때 쉬이 떠올릴 수 있는 곳이면 좋겠다. '아빠는 고향이 북한이지. 맞다, 엄마 아빠는 한국에서 자라지 않았지.' 이 정도로 말이다. 무슨 일을 겪을 때 자신의 사회적 소수성을 '곧장' 떠올린다면 그건 그 소수성이 사회에서 심한 배척을 당하고 있다는 뜻일 거다. 그래서 나는 딸과 시조카가 반사적으로 자신이 북한 이주민 2세대라는 걸 떠올리는 일은 영영 없었으면 좋겠다. 그렇다고 딸아이와 시조카가 엄연히 존재하는 소수성을 잊거나 부정하길 바라는 건 아니다.

나는 소수자로서의 경험이 아이들이 사회인이 되어 살아가는 데 큰 역량이 되어줄 거라고 믿는다. 우리는 언제 어디서든 사회적 소수자가 될 수 있으니까. 언제 어디서든 사회적 소수자를 만날 수 있으니까. 우리는 정글에서 타인을 사냥하며 사는 게 아니라 민주 사회에서 다른 시민들과 더불어 살아가니까.

대만으로 떠난 가족 여행

나와 딸아이, 둘째 시언니, 시부모님. 이렇게 다섯 명이 4박 5일 대만 여행을 갔다. 시부모님의 환갑을 기념하는 효도 여행이었다. 언니는 항공료를, 나는 체류비를 전담했고 둘이서 여행 계획을 짰다. 민은 같이 가지 않았다. 그렇게 길게는 휴가를 못 쓴다면서 자기 빼고 가라고 해서 민을 빼고 우리끼리 갔다.

시아버지와 시어머니는 그전까지 선교 여행이나 단체 여행만 가보셨다. 정해진 일정대로 움직이느라 제대로 구경도 못 했다며 늘 아쉬워하셨는데 이번 여행에서는 그런 걱정할 필요가 없었다! 나와 시언니가 있으니까. (중국어를 잘하고 대만도 여러 번 가본 가이드가 둘이나 있는 것 아닌가.)

우리 집 상전(?)인 딸아이를 위해 어린이 놀이공원을 방문했을 때를 제외하면 나와 시언니가 준비한 여행은 시부모님 맞춤 서비스였다. 유명 관광지와 (한국인에게) 인기 많은 식당은 빠짐없이 갔고, 관광객에게 알려지지 않은 현지 맛집을 찾아가기도 했다. 여유를 즐기고 싶으면 풍경이 좋은 동네에서 산책도 하고, 각종 과일과 간식을 사 온 뒤 숙소에서 먹부림을 하기도 했다. 마지막에는 온천욕을 즐기면서 쌓인 여독도 풀었다.

정말 즐거운 여행이었다.

그래서일까? 시부모님은 같이 오지 못한 가족을 떠올리셨다. 첸다오후(千島湖)와 차밭을 감상할 때였나. 시부모님이 풍경을 보다가 갑자기 "다음에는 꼭 모친을 모시고 대만 여행을 해."라고 하셨다. 모녀 여행으로 갈 거면 아이도 봐주겠다며.

원래 좋은 걸 보면 사랑하는 사람이나 소중한 사람, 혹은 미안한 사람이 생각난다는데, 시부모님이 떠올린 사람이 내 모친이라는 게 놀라우면서도 고마웠다. 모친이 그 말을 들었다면 딸인 나보다 낫다고 하셨을 것이다. 그 뒤 코로나 시대가 도래하는 바람에 모녀 여행은 물거품이 되었지만 말이다.

또 이런 일도 있었다. 여행 둘째 날이던가? 타이베이 여행객들의 필수 방문지인 중정구(中正區)를 산책하던 시아버지가 주변을 둘러보다가 갑자기 감탄하셨다.

"여기는 정말 중국과 다르구나."

남한과 북한이 다른 것처럼 대만과 중국이 다른 건 당연한(?) 것이었다. "그럼요. 엄청 다르죠."라고 말하자 아버님이 이렇게 말씀하셨다.

"시민의식이 달라."
"네?"
"여기는 웃통 벗고 다니는 사람이 없네."

나는 그 말을 듣고 웃었다. '시민의식이 다르다.'는 시아버지의 말에 나는 대만의 동성혼 법제화(아시아에서 최초다.)를 떠올렸는데 아버님은 웃통 까고 다니는 아저씨들을 생각하신 것이다.

"요즘에는 중국에도 그러고 다니는 사람은 없어요."

내 말에 아버님은 아니라면서 그런 사람이 엄청 많았다고 반박하셨다.

시아버지가 중국에 갔더라도, 그곳이 중국이라는 걸 몰랐다면 똑같은 반응을 보였을지도 모른다. 시아버지가 기억하는 중국은 20년 전 중국이니까. 그것도 수도인 베이징이 아니라 지방 도시이자 조선족 자치 지역인 옌지(延吉)에 관한 기억. 그러자 이런 생각이 들었다. 북한에 대한 기억도 비슷할 수 있다고.

민의 가족이 기억하는 북한은 함경북도의 한 마을이다. 그것도 25년 전의 마을. 좀더 늦게 탈북한 동향 사람들을 통해 고향 소식을 업데이트(?)했다지만, 가족들의 기억은 여전히 25년 전, 그것도 한 마을에만 머물러 있다.

그 사이 고향도, 북한도 많이 변했을 것이다.

사랑의 불시착

시댁에 놀러 가니 둘째 시언니가 드라마 〈사랑의 불시착〉을 봤냐고 물어보았다. 안 봤다고 하자 꼭 보라면서 열정적으로 드라마 내용을 설명해 주었다.

자세히 들어보니 시언니가 꽂힌 부분은 로맨스가 아니라, 북한이었다. 남주와 여주가 어떤 사람인지, 둘이 어떻게 만났는지를 아주 짧게 설명하고는 곧장 드라마 속 북한 이야기를 했다. 배급이 어땠고, 전기는 얼마나 자주 끊겼는지, 언니가 기억하는 고향 마을의 모습과 얼마나 흡사한지 말이다.

생각해 보면 시언니와 시어머니는 북한과 조금이라도 유관한 콘텐츠라면 무조건 시청했다. 북한 이주민 여성이 주인공으로 나왔던 가족 드라마 〈불어라 미풍아〉라든지, 북한 이주민이 나오는 버라이어티 프로그램인 〈이제 만나러 갑니다〉라든지. 언니는 자기보다 늦게 탈북한 북한 이주민이 올리는 유튜브 영상을 보면서 북한의 최신 정보(?)를 업데이트하기도 했다.

이제까지 보아왔던 콘텐츠가 북한 이주민에 관한 거였다면, 〈사랑의 불시착〉은 허구라 할지라도 북한과 북한 사람이 나오는 콘텐츠가 아닌가. 내가 생각해도 반가웠을 것 같다.

로맨스 콘텐츠는 사실 정복의 서사이자 전복의 서사이다. 누구보다 특별한 남주가 남들만큼 평범한 여주(혹은 사회적 약자로 설정되기도 한다.)와 사랑에 빠지는 게 로맨스 소설의 클리셰 아닌가. 두 사람의 배경과 스펙만 따져보면 보통 저울은 남주에게 기울지만 '사랑'이 얹어지는 순간 저울은 동등해지거나 여주를 향해 기운다. 평생 여주 같은 사람에게 승복할 일이 없을 남주가 '사랑'에 빠지면서 여주에게 무릎을 꿇는 것이다. 독자나 시청자가 여주를 이입하는 대상으로 본다면, 남주는 정복하고 싶은 대상, 즉 갖고 싶은 대상으로 본다고도 할 수 있을 것이다.

〈사랑의 불시착〉의 남주는 어떠한가. 잘생긴 남주는 기본값이라고 할 수 있으니 현빈의 외모는 차치하도록 하자. 남주는 북한 고위 간부의 아들(돈과 명예)이자 스위스 유학파 피아니스트(이데올로기와 무관한 자유로운 예술인) 출신이며 정의감과 순정까지 갖춘 사람이다. (이쯤 되면 전설의 유니콘에 가까운 존재다.) 누가 봐도 욕망할 법한 남주가 아닌가.

하지만 옛날이었다면, 이렇게 판타지가 집약된 캐릭터라고 할지라도 '메이드 인 노스(North) 코리아' 딱지가 붙는 순간 남주는커녕 조연도 불가했을 것이다.

나는 남녀북남 로맨스 드라마인 〈사랑의 불시착〉이 좋다. 특히 이 드라마가 상업적인 성공을 거둔 게 좋다. 남주가 북한 남성이라니! 해피엔딩을 맞이하는 남녀북남의 사랑이라니! 이제 북한 남성도 욕망의 대상이 될 수 있는 걸까?

앞으로는 이런 변화가 불시착이 아닌 연착륙이 되면 좋겠다.

배우자의 담당형사

'Black Lives Matter' 운동 때 한국 인터넷에서 한 영상이 유행했다. 흑인 남성이 스타벅스 라떼 컵을 자신의 흑인 친구들에게 넘겨주면서 이걸 들고 있으면 무해해 보일 수 있다고, 그럼 경찰도 흑인을 내버려둘 거라고 말하는 영상이었다. 남에게 자신의 무해함을 끊임없이 증명해야 하는 상황은 웃기면서도 전혀 웃기지 않았다.

나는 그 영상을 보고 북한 이주민을 떠올렸다.

한국에 사는 북한 이주민은 자신의 담당형사(신변보호관)와 주기적으로 연락을 주고받으면서 현황을 알려야 한다. 담당형사는 북한 이주민을 살피는 감시자이자 정착을 돕는 조력자이기도 하다. 가령 이들은 북한 이주민에게 여러 사항을 교육하곤 했다. 한국의 법, 제도, 관습뿐 아니라 북한 이주민에게만 적용되는 규율까지. 특히 규율은 명문화된 것도 있고, 암묵적인 것도 있다. 항공업계에는 취업이 불가하다든지, 중국 여행을 가지 말라든지, 경찰이 되면 안 된다는 규정이 있는 건 아니지만 틀림없이 면접에서 떨어질 거라든지…. (요즘 북한 이주민 취업 설명회가 경찰서에서 열리는데, 북한 이주민은 경찰이 될 수 없다니, 블랙코미디인가?)

예전에 가족끼리 모였을 때 담당형사 이야기가 나온 적이 있었는데 다들 반응이 제각각이었다. 누군가는 자기를 감시하는 것 같아서 싫다고 했고, 또 다른 누군가는 그래도 문제가 생겼을 때 제일 먼저 생각나는 건 담당형사라면서 고마움을 표하기도 했다.

민에게도 담당형사가 있다. 민이 육아를 전담하던 시절, 일이 있다면서 혼자 외출하면 다섯 번 중 세 번은 담당형사를 만나고 오는 거였다. 그런데 지방에서 일을 시작한 뒤로 민은 2년 정도 담당형사를 만나지 못했다. 민이 충청도 거주지로 전입신고를 했다면 해당 지역 형사가 새로 배정되었겠지만, 주말부부였기에 민은 따로 전입신고를 하지 않았다. 서울에서 근무하는 담당형사가 민을 만나기 위해 충청도까지 내려갈 수는 없지 않겠는가.

다행히 요주의 인물이 아니었는지(?) 별다른 문제는 없었다. 가족과 다 함께 한국에 왔다는 점, 괜찮은 대학을 졸업해 안정적인 직장생활을 하고 있다는 점, 남한 여성과 결혼해서 살고 있다는 점 등등, 이런 게 영향을 미쳤던 걸까?

그러던 어느 날 민이 전화했다. 담당형사가 배우자인 나를 만나러 집으로 찾아올 거라고 말이다.

"아니, 나를 왜 만나러 와?"

나한테 뭘 전해주러 온다나. 나는 그 말에 질색했지만, 나나 민이 결정할 수 있는 일이 아니었다. 민을 만날 수 없으니 나라도 만나러 오는 거겠지. 몇 시간 뒤 민의 담당형사가 정말로 나를 찾아왔다.

현관문을 열고 어색하게 인사를 나눈 뒤 나는 (전혀 초대하고 싶지 않았지만) 안에서 차라도 드시겠냐고 물었다. 담당형사는 손사래를 치더니 수박 한 덩이를 건네주었다. 짧은 감사 인사가 끝나자 긴 침묵이 이어졌다. 솔직히 나와 무슨 이야기를 하겠는가.

"민이 한국 사회에 잘 적응하는 것 같습니까? 무슨 문제가 있지는 않습니까? 혹시 민이 이상한 행동을 하지는 않던가요? 간첩으로 의심되지는 않습니까?"

내게 이런 질문을 할 수는 없지 않은가. 나는 나만큼 어색해하는 형사를 보면서 직장인의 고단함을 느꼈다. 상부에

문서 보고를 해야 하니 나라도 만나러 오셨구나.

"잠깐만요. 잠시만 기다리세요."

수박까지 받았는데 손님을 그냥 보낼 수는 없었다. 뭐라도 드리고 싶은데 집에 있는 건 책뿐이라, 그래서 내가 쓴 소설을 드렸다. (마침 첫 장편이 출간된 지 몇 달 되지 않았을 때였다.) 담당형사는 내가 쓴 책이라는 말에 깜짝 놀라더니 서명해 달라고 했다.

"작가님이셨구나. 사인한 책이 나중에 비싸게 팔리고 그런다면서요. 사람들한테 자랑해야겠어요."
"그 정도로 유명해지도록 노력해 보겠습니다…."

그로부터 한 달 뒤 담당형사를 다시 만났다. 그날은 나와 민이 충청도로 이사하는 날이었다. 새로 사는 집에서도 일이 잘 풀리기를 바란다면서 한국의 집들이용 대표 선물이라고 할 수 있는 화장지를 주었다. 그러고는 내가 쓴 소설을 읽어봤다고, 주인공 직업이 조선시대 다모 같은 거냐고 물어봤다. 살인 사건을 파헤치는 수사물이라서 그랬을까? 직업적 동질감(?)을 느낀 것 같았다.

나와 딸아이까지 충청도로 이사 오면서 가족의 주소지가 바뀌었다. 관할 경찰서가 바뀌었기에 민의 담당형사도 바뀌었다. 그때 드렸던 책은 몇 달 뒤 공중파 방송국과 드라마 계약을 맺었다. 나중에 드라마가 방영되면, 드라마를 본 형사가 나와 민을 떠올려주면 좋겠다. 주변 사람들에게 자랑(?)해 주면 더더욱 좋고. 저 작품의 원작자를 안다고, 내가 담당하던 북한 이주민의 가족이었다고 말이다.

누구의 가족으로 기억되는 걸 싫어하는 나지만, 이것(?)만큼은 괜찮을 것 같다. 아예 북한 이주민으로 기억되어도 상관없다. 어쨌든 나 또한 북한 이주민과 잇닿은 경계인 아닌가. 그렇게 해서라도 북한 이주민에 관한 이야기가 널리 퍼지면 좋겠다. 그럼 더 많은 이들이 북한 이주민에게 관심을 가지지 않을까?

부디 그랬으면 좋겠다.

내가 이 책을 쓰는 이유도 그래서니까.

앞으로 가족 모임은

결혼하면 시누이가 그렇게 싫다던데 나는 정반대였다. 나는 둘째 시언니가 좋다. 또래라서 그런지 같이 있으면 즐겁고 재미있다. 그런데 언니와 나 사이에 커다란 장애물이 놓이게 생겼다. 2년 넘게 장거리 연애를 이어온 언니가 몇 달 전 결혼식을 올린 것이다.

결혼이 장애물이냐고? 그럴 리가? 언니와 나도 결혼으로 엮인(?) 인연이 아니던가.

언니의 신혼집이 일본에 있어서 그렇다. 일본에서 일하는 아주버니를 위해 언니가 일본행을 결심한 것이다. (언니네는 북녀북남 가정이다.)

일본이라니. 이미 디아스포라(?)인 북한 이주민에 코리안 디아스포라까지 더해지는 것 아닌가.

고모가 일본으로 간다는 걸 알게 된 여섯 살 딸아이는 자기를 버리고 아저씨에게 간다면서 대성통곡을 했다. 나도 눈물만 흘리지 않았을 뿐 딸아이와 비슷한 심정이었다.

(절친을 빼앗기다니!)

하지만 어쩌겠는가, 아쉬워도 헤어질 수밖에.

대신 우리는 다음 가족 모임을 대만에서 하기로 했다. 한국에 있는 가족이 일본으로 가든, 언니네가 한국으로 오든 누군가는 비행기를 타야 하니까. 아예 제3국에서 모여도 좋겠다는 생각이 들었다. 대만이 어떠냐는 내 제안에 언니가 적극적으로 동의하면서 다음 가족 모임 장소는 대만이 되었다. (역시 언니가 최고다.)

일본에서 모이자는 이야기도 있었지만, 일본어 가능자가 아주버니 한 명뿐이라서 쉽지 않을 것 같다. 가족 대행사(?)인데 아주버니 한 명에게 기댈 수는 없지 않겠는가. 반면 대만은 달랐다. 중국어 가능자가 많으니 숙소나 식당 예약도 어렵지 않을 테고 문제가 생겨도 바로 대응할 수 있었다.

민은 가족 모임을 뭐 하러 대만까지 가서 하냐면서 적극적으로 반대했지만, 지난 대만 여행에 같이 가지 못했던 다른 가족들, 즉 첫째 시언니와 시동생이 찬성하는 덕분에 민의 반대 의견은 힘을 잃고 말았다. (소수의 의견이 지워지는 다수결이 이렇게 무서운 것이다.)

다만 바로 이산가족이 될 줄 알았던 우리의 예상과 달리, 언니는 아직 한국에 남아 있다. 코로나로 인해 비자 신청이 막혔단다. 두만강은 건넜지만, 동해는 건널 수 없었던(?) 언니는 한국에서 국경이 열리기만을 기다리고 있다. 그래도 올해 안에는 언니도 일본에 가지 않을까?

그렇게 헤어지면 우리는 언제쯤 다시 만날 수 있을까. 코로나 시대가 끝나야만 모일 수 있겠지? 그런데 코로나 시대가 끝나기는 하는 걸까?

그런 생각을 하다 보니 어쩌면 실향민과 북한 이주민도 이런 마음으로 통일과 종전을 기다릴 거라는 생각이 들었다. 막막함 너머 막연한 기대를 품은 채, 언제 올지 모를 그날을 기다리는 마음. 혹시 또 모르지 않는가. 코로나 시대가 종말(?)을 맞듯이 종전도 어느덧 성큼 다가올지도.

그때는 대만 말고 북한에서 가족 모임을 해야겠다.

단짠단짠

PART 5

미니 인터뷰

이 글은 기본적으로 나의 이야기이다. 내 시선으로 재구성한, 내 언어와 목소리로 엮은 나의 이야기. 민과 다른 가족들의 이야기를 할 때만큼은 각자의 목소리를 오롯이 담고 싶었지만, 그것은 내 의지와 무관하게 이룰 수 없는 일이었다. 내가 화자인 이상 불가능했다. 나는 내 이야기를 재구성하면서도 내 목소리조차 제대로 담아내지 못했다. 그것이 이 글의 한계일 것이다. 그렇기에 마지막만큼은 가족들의 목소리를 좀더 담아보고 싶었다. 마이크를 넘겨주고 싶었다.

그래서 오랜만에 온 가족이 모인 설날, 가족들에게 자기소개를 부탁했다. 자신의 과거와 현재 그리고 꿈꾸는 미래를 이야기해 달라고 했다. 인터뷰어가 구체적인 질문을 던지며 대화를 이끌어야지 너무 날로 먹는 것 아니냐며(?) 민이 구박했지만, 어쩔 수 없었다. 조금 어렵더라도 가족들이 자기 삶을 직접 재구성하기를 바랐다.

사실은 몇 달 전에 돌아가신 외할머니가 사회복지사와 함께 작성했던 인생표에서 영감을 얻었다. 어린 시절 부모를 잃고 화재로 전 재산을 잃었던, 만주 땅으로 건너갔다가 해방 후 충청도로 이주했던 할머니는 제대로 배운 적이 없어 한글도 읽지 못하셨지만 결혼 후 고사리를 끊어 팔아 송아지를 사고, 그 송아지를 키워 팔아 전답을 샀던, 가난한 가문을 일으킨 가계 경영의 달인이셨다. 또한 외할아버지가 돌아가신 뒤로는 홀로 일곱 남매를 키워낸 가장이기도 했다. 함께 봄나물을 다듬다가 할머니의 과거를 들은 나는 할머니의 삶을 채록해 소설로 써야겠다고 너스레를 떨었지만, 막상 시간을 내서 자세히 기록하지는 못했다. 할머니가 돌아가신 뒤, 그게 너무 후회스러웠다. 그러다 찾아낸 게 할머니의 인생표였다.

어머니와 이모들 그리고 삼촌이 할머니의 유품을 정리하다가 우연히 발견했다는 인생표에는 할머니가 재구성한 자기 삶이 기록되어 있었다. 어떤 일이 가장 기뻤고 슬펐는지, 자신을 행복하게 만드는 게 무엇인지가 십 년 주기로 정리되어 있었다. 그걸 읽고 모두가 오열했다고 한다. 내가 할머니의 지난 삶을 자세히 듣고 기록해 활자로 남기더라도 가족들에게 그런 울림을 줄 수는 없었을 것이다.

가족 구성원 각자의 목소리를 담는 게 목표였기에 구술한 바를 그대로 옮기고자 노력했다. 약간의 윤문은 거쳤으나 내용 수정을 하지는 않았다. 비문이 있을 수 있고, 북한이나 북한 이주민에 관한 배경지식이 없으면 알아들을 수 없는 말이 있을 수도 있다. A가 말하고 있는데 B가 끼어들 수도 있고, 갑을 이야기하다가 갑자기 을을 이야기할 수도 있다. 에세이 초고를 작성한 지 일 년이 지난 뒤에 추가한 원고라 본문 속 상황과 다르기도 하다.

그사이 시언니는 일본으로 이주했고, 아주버니는 나보다 먼저 에세이를 냈다. 제목이 『나는 '탈북 유튜버'』(원제: 『僕は 脱北YouTuber』)다. 시동생도 서울을 떠나 충청남도 아산으로 왔다. 아파트 바로 옆 동에 고양이와 함께 살면서 민과 같이 일한다. 끝이 보이지 않는 재난 같았던 코로나 시대도 어느새 배경으로 여겨지고 있다. 필수품이었던 마스크조차 선택의 영역으로 넘어가지 않았는가. 반면 종전까지 바라보던 남북한의 관계는 다시 경직되었다. 어쩌면 코로나 시대의 종식이 종전보다 빨리 올지도 모르겠다.

날 짜	2023년 1월 22일 설날
장 소	시댁 (서울 가양구 가양동)
참여자	나, 민, 시어머니, 시아버지, 시언니, 시동생 그리고 딸아이

시동생 결혼을 고민 중입니다

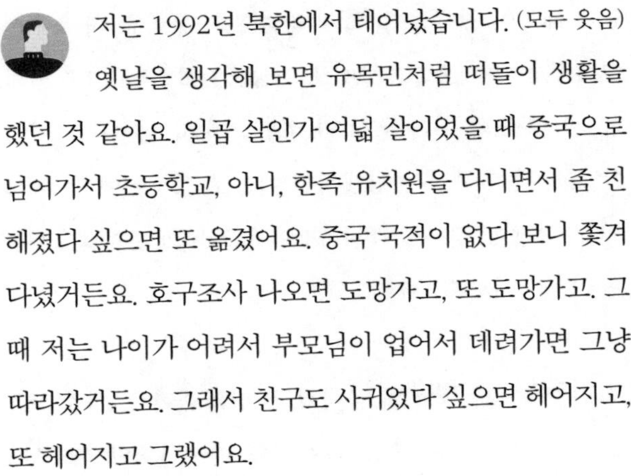

저는 1992년 북한에서 태어났습니다. (모두 웃음) 옛날을 생각해 보면 유목민처럼 떠돌이 생활을 했던 것 같아요. 일곱 살인가 여덟 살이었을 때 중국으로 넘어가서 초등학교, 아니, 한족 유치원을 다니면서 좀 친해졌다 싶으면 또 옮겼어요. 중국 국적이 없다 보니 쫓겨 다녔거든요. 호구조사 나오면 도망가고, 또 도망가고. 그때 저는 나이가 어려서 부모님이 업어서 데려가면 그냥 따라갔거든요. 그래서 친구도 사귀었다 싶으면 헤어지고, 또 헤어지고 그랬어요.

그러다가 부모님이 안정적인 생활을 하게 되면서 중국에서 소학교(초등학교)를 다녔어요. 그때부터 친구들을 사귀고 중국 문화에도 좀 녹아들었던 것 같아요. 그러면서 좋아하는 것도 생겼어요. 축구랑 친구들. 친척 누나들도 같이 넘어오고요. 그때는 (나는) 중국에서 태어났고, 중국 사람이다, 라는 인식이 컸던 것 같아요. 중국이 고향 같았어요.

그런데 어느 순간 갑자기 한국에 간다고 하더라고요. 그래서 태국으로 옮기고, 어느 순간 한국에 와 있었어요. 그런 뒤에 초등학교에 들어갔고요. (중국에서 초등학교 졸업하고 온 거라고 시어머니와 시동생이 짧게 논쟁함.) 아무튼 돌이켜 보면 계속 떠돌면서 살아왔던 것 같아요. 한국에 와서 축구에 재능이 있다는 걸 알게 되었고, 초등학교 때 축구선수 생활을 좀 했어요. 그때 또 이동했어요. 축구선수 생활하느라 부모님 떠나서 일 년 정도 기숙사 생활을 하면서 살았죠. 발목 부상과 경제적인 이유로 그만뒀어요. (시어머니가 그게 아니라 나이가 너무 많아서 그만두게 된 거라고 말하자 시동생이 몰랐다며 빠르게 수긍)

그러면서 일반 학교로 넘어갔고, 방황했어요. 사춘기도 오고. 공부에는 흥미가 없었거든요. 한창 방황할 때 형이랑 큰 사건이 있었어요. 한강에서. 형(민)한테 얻어맞았거든요. 형이 검정고시 보라고, 공부하라고 하더라고요. 그때 대학 진학을 결심하고 대안학교에 들어가 공부했어요. 한국에서 태어났으면 꿈도 못 꿨을 학교였을 것 같아요. 인서울 대학으로, 한국외대에 특기생으로 들어갔거든요.

중국에서 살았으니 중국어가 편할 것 같아서 중문과로 진학했어요.

지금 와서 생각해 보면 제 삶의 진짜 시작은 대학에서부터였던 것 같아요. 많은 걸 배웠어요. 한국 와서 십 대 때는 딱히 뭘 깨닫거나 삶에 흥미를 느끼지 못했거든요. 그런데 대학에서는 재미있는 게 많았어요. 여행도 가보고. 인생이 재미있다는 생각을 그때부터 했어요. 제 나이 또래가 살 법한, 그런 평범한 삶을 살았어요. 대학교 1~2학년이 누릴 만한 삶을 저도 같이 경험하고, 3학년 때부터는 다른 사람들이 그러하듯 저도 취업 스트레스를 받았어요. 고민도 많이 하고요. 하지만 이런 마음이 있었어요. 나는 친구들과 다르다. 친구들은 초·중·고 때 열심히 공부해서 대학에 간 거잖아요. 나는 그냥 운 좋게 (대학에) 온 거고. 그래서 항상 자격지심이 있었어요. 내가 취업을 할 수 있을까? 내가 대기업에 입사할 수 있을까? 내가 무언가를 매우 좋아하는 것도 아니고 딱히 재능이 있는 것도 아닌데? 진로를 생각하니 막막하더라고요. 솔직히 시도도 안 했어요.

하지만 제게도 장점은 있거든요. 가장 큰 장점이 친화력이에요. 사람들과 어울리면서 취업도 할 수 있었어요. (시동생은 친구와 함께 중국에서 왕홍으로 활동하기도 했고, 대학 선배가 창업한 회사에서 무역 일을 하기도 했다.) 사실 학교생활도 친화력 덕분에 편하게 했거든요. 일자리를 여러 번 옮겼고, 지금은 아산에 정착했어요. 형 소개로, 형수 친척과 같이 일해요.

솔직히 앞으로도 똑같을 것 같아요. 제 또래가 그러하듯 정착도 하고, 결혼 준비도 하겠죠. 지금도 결혼을 고민 중이거든요. 앞으로 제가 살고 싶은 삶은 대가족을 이루고 싶어요. 명절 때 친구들이 할머니를 만나러 가는 게 너무 부러웠거든요. 각자의 위치에서 행복하고 건강하게 살다가 명절 때 형도 누나도 만나고, 다 같이 모이는 그런 대가족을 만드는 게 제가 바라는 미래예요.

시언니(경) 일단 최선을 다해 뭐라도 하고 싶어

나는 옛날에 막연히 이런 생각을 했던 것 같아. 내가 태어난 곳에서 쭉 살다가 죽을 거라고. 그런데 그런 생각을 하면서도 벗어나고 싶다는 욕구가 있었어. 그때는 내가 나이가 어렸잖아. 자유의지로 떠날 수 없었지. 결국 내 의지로 나온 건 아니지만 부모님을 따라서 (북한에서) 나왔잖아. 그런데 내가 생각했던, 가볍게 상상했던, 그런 호기심을 충족하는 이색적인 환경이 나에게 만족감을 주기는 했지만, 그러기 위해서 (내가) 이겨내야 하고 버텨내야 하는 어려움이 너무 컸어. 외부에 대한 동경심이 있었는데, 현실을 마주하니까 내가 외계인 같다는 생각이 들더라고. 현실적으로 내가 여기서 뭘 해야 살아남을 수 있을지, 그런 고민을 할 수밖에 없었고 많이 힘들었지.

그러다가 한국에 왔어. 한국에서 오래 살다 보니까 내가 노력하지 않더라도, 시간이 지나니까 정말 모든 게 자연스러워지고 편안해지는 단계가 오더라고. 드디어 편안함을 느끼게 된 것 같아. 그 편안함이라는 게 뭐냐면, 나는 항상 그런 게 있었거든. 나는 사실 (사회적) 소수자잖아. 그래서 어디서든 내 행동이 맞는 행동인지 자체 점검을 했던 것 같아. 가장 일반적인 부분이 '말'이야. 혹시 내가 하는 말이 (북한) 사투리는 아닐까? 이런 검열. 사투리 때문에 다른 사람에게 나에 대해 밝혀야 하는, 그런 불필요한 상황이 정말 너무 싫었거든. 별로 친하지도 않은 사람인데 말투 하나 때문에 사실 내가 이러이러해서 (한국에) 왔고, 고향이 어디고, 이런 소개까지 해야 하는 게 진짜 많이 불편했어. 내 성격에 맞지 않아서 더 불편함을 느끼기도 했지만, 솔직히 그건 누가 겪든 편하게 느껴지는 상황은 아니잖아.

내가 전에 대학 친구들한테 평범해지고 싶다는 말을 한 적이 있거든. 울컥해서. 평범하게 살고 싶다고. 그 평범함이라는 게 다른 게 아니라 그냥 어디서든 튀지 않는 거. 시간이 지나니까 이제 좀 편해졌다는 생각이 들더라. 근데 결국에는 또 일본 가서 살잖아. (모두 웃음) 아, 대체 왜 이럴까.

근데 나도 참 아이러니한 게 변화가 없는 걸 싫어하는 것 같더라고. 변화를 은근히 좋아해. 새로운 걸 보고 배우는 걸 나도 모르는 사이에 즐기게 되었나 봐. 원래 내 성향은 안 그랬거든. 학교에 누가 전학을 오면 이렇게 생각했어. 쟤네는 어쩌다가 이렇게 생소한 곳으로 왔을까, 무슨 기분일까, 어떻게 적응할까, 나라면 힘들 것 같은데. 그런데 내가 예상하지도 못한 곳으로 와서 살았잖아. 그러다가 일본도 갔고. 이런 일을 겪으면서 (생소한 타지에 적응하는 게) 내 성향이 되어버렸다는 생각도 들어.

모르겠어. 내가 오래 산 건 아니지만, 어떤 부분에서는 이런 깨달음을 얻었거든. 내가 바꾸고 싶어 한다고 해서 다 바꿀 수 있는 건 아니라는 걸. 그걸 받아들이게 된 것 같아. 그냥 이 흐름에 맡겨보자, 그런 생각으로 일본에 갔어. 한국에서 할 수 없는 걸 거기서 할 수도 있잖아. 그런 걸 찾아서 버티다 보면 그게 또 내 능력이 될 것 같아.

(앞으로 어떤 삶을 살고 싶냐고 묻자) 앞으로는? 글쎄. 윤이(딸아이) 동생 만들어주고 싶은데? 이런 생각도 해. 나는 사실 상관없거든. 근데 내 자식들은…. 나는 그게 제일 부럽거든. 소꿉친구가 있는 거, 동네 친구가 있는 거. 너무 부러워. 내 자식들은 어렸을 때 가졌던 고유한 문화를 그대로 유지할 수 있으면, 추억하며 살면 좋겠어. 그런데 또 한편으로는 이런 생각도 들어. 이렇게 돌아다니면서 여러 문화를 경험해 보는 것도 괜찮거든. 다만 내가 아쉬워하는 부분을 내 자식은 그러지 않았으면 좋겠어….
어쨌든 내가 지금 일본에서 살고 있지만, 나에게 유익한 무언가를 찾은 건 아니잖아. 내가 뚜렷한 목적을 가지고 일본에 간 건 아니니까. 결혼해서 간 거지. 일단은 최선을 다해서 뭐라도 하고 싶어. 그럼 길이 생기겠지. 결과도 나오고. 그런 생각으로 하루하루를 충실히 살아보려고.

시아버지 아직도 깊은 잠을 못 자

나는 원래 시골에서 태어났어. 내 고향이 강원도 통천이야. 고성 위에. 고성 넘어가면 통천이야. 내가 태어났을 때 아버지가 군인이었거든. 그래서 출생지는 거기지만, 북한 여러 곳을 다녔어. 여러 곳을 다니다 보니까, 주위 환경이 자주 바뀌다 보니까 배운 게 없어. 어렸을 때까지 한글을 몰랐거든. 그런데 아버지가 할아버지 댁으로 가라고 하더라고. 할아버지가 원래 교육자였거든. 백부도 글을 알았고. 거기서 한글을 배웠어. (아버지가) 군인이라 밤낮 시골에만 있어서 내가 공부를 못 했지.

조부모 집에서 글을 배우고, 열일곱 살에 군대를 갔어. 십 년 복무하고. 북한은 제대하면 고향으로 안 보내주고, 국가에서 집단 배치를 해주거든. 그때 (함경북도) 청진으로 배치받았어. 거기서 버티는 사람은 이삼 년을 더 버텨. 그 정도 지났을 때 이 사람이 괜찮다 싶으면 학교를 보내주거든. 공산 대학 이런 곳. 정치화를 시킬 거면 공산 대학을 보내주고, 행정 일을 시킬 거면 행정 대학으로 보내줘. 나는 당년에 배치받자마자 바로 공산 대학으로 보내졌고, 삼 년 공부했어. 그러고 나서 당년에 다시 배치를 받았지. 학교 갔다 오면 바로 추천으로 배치를 해주거든. (함경북도) 종성으로 가게 된 건, 원래 청진이 본사인데, 지방에 각각 부처, 지사들이 있거든. 그런 곳으로 보내. 거기 있는 기업소에서 엄마를 만나게 되었지. 누가 연합당에 있을래 저기로(종성) 갈래, 라고 묻기에 엄마 만났으니까 거기서 (종성) 살기로 작정했어. 친한 행정지배인이 있었는데, 그 사람이 소개를 해줘서 결혼했거든.

그렇게 (결혼해서) 살면서 세상을 좀 알게 되었어. 내가 하는 일이, 나는 거기서 출장을 많이 다녔거든. 위쪽 사정과 아래쪽 사정을 좀 알게 되더라고. 내가 중간 역할을 했으니까. 사회적 모순을 알게 되었지. 또 결혼한 뒤에는, 처남(시어머니의 오빠)이 여기로 따지면 장성급인데, 대화를 많이 나눴거든. 무언가 잘못되어 가고 있다는 생각이 들더라고.

그러다가 중국이 개혁개방을 했거든. 처음에 개혁개방 했을 때 (북한에) 중국인들이 많았어. 처가 같은 경우*, 아니 그전에도 그래. 두만강 압록강에 사는, 변방에 사는 사람들은 안 좋게 표현하면 기회주의자들이야. 처가도 그래.

* 어머니의 친척들은 재중동포, 즉 조선족이다. 일제 때 만주 땅으로 이주했던 코리안 디아스포라.

중국이 좋을 때는 중국으로 가고, 나쁠 때는 북한으로 가고 그래. 대부분이 그래. (그 이야기를 듣던 시어머니가 왜정倭政 때라 그렇게 간 거지 원해서 간 게 아니라고, 해방 후에 온 거라고 반박함.**) 아냐, 북한이랑 중국이 같은 사회주의라 협약이 되어 있어. 서로 받아주기로. 중국에서 문화대혁명할 때도, 그때 화교들이 (북)조선으로 나온 거야. 그래서 (그 사람들은) 중국에 친척들이 많았고, (중국과 북한을) 자주 다녔어. 중국이 개방되기 전에는, 내 생각에는 되게 못살았거든. 그런데 완전히 달라진 거야. 경제개발하면서 환경이 아예 달라졌어. 그래서 개인적으로 가보고 싶다고 생각했지.

그러다가 황장엽 선생***이 한국에 왔거든. 그 당시에는 해외로 튀어 나간다는 게 말이 안 되는 생각이었어. 가족을 다 잡아 죽일 수 있으니까. 그때 처음으로 가도 되겠구나, 라는 생각이 들더라고. 마침 중국에서 온 친척이 한 명 있었는데, 이 사람(시어머니) 육촌 되는 사람이거든. 그 양

** 조선인이 중국(주로 만주 땅)에 갔던 건 노역으로 인한 강제 이주 때문인 경우가 많았다. 개인적 요인보다는 사회적·정치적 요인이 더 크고, 자의보다는 타의가 더 큰 셈이다. 시어머니의 부모님이 함경북도에 정착한 것도 해방 후였다. '그 사람들은 기회주의자다, 처가도 그렇다.'라는 시아버지의 표현에 시어머니가 발끈하며 항변한 게 그래서다.

*** 북한의 최고 통치이념인 '주체사상'을 창시한 인물로, 1997년 한국으로 망명했다.

반이 내게 영향을 많이 줬어. “매부, 중국이 개혁개방 하면서 정말 잘살게 되었어요, 불법으로 오더라도 같이 언제 한 번 와요.” 이런 이야기를 했어.

그래서 어느 설날에 작은 처남이랑, 내가 거기서도 낚시를 좋아했거든, 낚시를 가면 경비대 사람들도 우리를 가만히 놔둬. 왜냐면 그때 처제 남편이 경비대 초소장이었거든. 그 사람들이 우리를 잘 알았지. 음력 설 전이었는데, 작은 처남보고 나 잠깐 중국 갔다 올 테니까 누나한테도 이야기하지 말라고 그랬어. 조용히 있으라고. 2주 정도 갔다 왔나? 그때 내가 베이징도 갔다 왔어. 그 사람(시어머니 육촌)이 잘살았어. 당시에 회사를 차려서 돈을 좀 벌었지. 이게 내가 (탈북해 한국으로) 오게 된 계기야.

중국 친척을 만나 2주 뒤에 집에 돌아왔는데 내가 살이 다 쪄서 포동포동해졌어. 그때 회사에는 이렇게 말했어. 원래 자주 출장을 다니니까 또 출장을 갔던 걸로. 우리 집이 회사랑 멀었거든. 원래 집단 부락에서 같이 살아야 하는데 우리는 따로 멀리서 살았어. 그래서 내 행방을 (회사에서) 몰랐지.
근데 보위부로 밀고가 들어간 거야. 거기는 감시체제가 호(戶)마다 다 있어. 다 알고 묻기에, 중국 갔다 왔냐고 하기에 갔다 왔다고 솔직히 말했지. 내가 중국에서 돈을 얼마를 가져왔는데 이걸 나누자, 그렇게 (보위부 사람들과) 약속까지 했지. 그 양반들이 날 풀어준 거야. 이게 법적으로 제재를 하면 한두 달은 구류를 해야 한대. 그래야 자기들한테도 명분이 선대. 그러니까 한 달 가서 쉬고 오라고 하는 거야. 그렇게 처리해 주겠다고. 그래서 내가 안전부는 어찌할 거냐고 물었어. 여기로 따지면 경찰이지. 남한 식으로 하면 보위부는 국정원인 거고, 안전부는 경찰인 거거든. 근데 그 둘이 사이가 안 좋아. 이런 건 어느 사회나 똑같아. 안전부 어쩌냐고 물어보니까 자기네들이 알아서 처리하겠대.

그런데 나중에 한 달 뒤에 안전부가 (나를) 불렀어. 내가 법을 잘 모르기는 해도 동일한 문제를 가지고 두 번 처벌할 수는 없다고 하니까(일사부재리의 원칙), 얘네가 이러는 거야. 보위부에서 문제로 삼은 건 월경(越境)이래. 국경을 넘은 거. 자기네는 무단결근으로 처벌하는 거래. 그래서 내가 그거나 이거나 그냥 말이 다른 거지 똑같은 거 아니냐고 항의했거든. 몇 번 시달렸어. 결국에 자기들 힘으로 어떻게 할 수 없으니까 상부에 보고하겠대. 근데 이게 내게 힌트를 준 걸지도 몰라. 어느 날 와서는 나보고 준비하고 오라고, 같이 가자고 하더라고. 나는 그길로 도망쳤어.

지금 와서 생각해 보면 그 사람들이 (내가 살아남도록) 길을 터준 걸지도 몰라. 그때는 마음이 조급해서 미처 몰랐지.

중국 가서 그 사람(시어머니 육촌) 회사에서 돈도 좀 얻고 일도 했지. 나중에 가족들 데리러 갔고. 당시에 내가 돈이 없었으면 가족들이 다 고생했을 거야. 그래도 내가 미리 준비해서 편했던 거였지. 함경북도 회령에 애들 이모가 있어. 거기에 이야기해서 애들을 데려와 달라고 했어. 애들이 왔더라고. 그래서 내가 바로 (중국으로) 데려갔단 말이야. 그때도 (국경 초소에 있던) 군대 애들에게 돈을 다 줬지. 그때가 호랑이 담배 피우던 때야. 군인들이 절대 잡히지 말라고 신신당부하더라고. 그럼 자기네 구역도 노출이 되잖아. 막내(시동생)도 걔네(군인들)가 다 업어줬어. 그렇게 강을 건너 중국으로 왔지.

근데 나는 그때 계획이 뭐였냐면, 한국으로 올 생각이 없었어. 당시에는 여자들은 (한국으로) 못 왔어. 대다수가 남자였거든. 군대 갔다 온 남자들은 지도 좌표를 주면 해석을 할 수 있단 말이야. 방향을 어찌 잡고 이런걸. 1990년대에는 주로 남자들이 왔지. 나도 한국으로 가려고 브로커들이랑 노정을 살폈거든. 몇 번 시도하기는 했어. 그런데 먼저 갔던 애들이 다 붙잡혔어. 몽골로 가려고도 해보고 동남아로 가보려고도 했지. 몇 번 시도했는데 실패했어. 혼자라면 몰라, 그런데 우리는 가족이 다 왔잖아. 중간에 애들 사촌 누나들도 와서 총 일곱이었잖아.

그래서 안전히 지내기로 했지. 사실 시조카들이 오기 전에는 우리도 단칸방에서 살았어. 그때 우리가 연길 시내에 안 가본 곳이 없었거든. 이사를 수십 번 했어. 그러다가 이런 생각이 들었어. 여기서 장기간 머물면서 살 방법을 궁리해야겠다고. 애들 학교도 보내야 하잖아, 공부도 해야 하는데. 조그만 집에 있을 바에는 차라리 큰 집으로, 돈을 모아서 아파트로 가는 게 낫겠다는 생각이 들었어. 공안도 작은 집이나 조사하지 탈북자가 훤한 아파트에서 살 거라고는 전혀 생각하지 못한단 말이야.

(그 아파트가 백 평이 넘었다면서요? 라고 묻자) 어, 그걸 잡았지. 연길에서 살다가, 나는 사실 미국으로 가려고 했어. 애들을 위해서. 그때 국정원 사람이 한국에서 살기 힘들다고 그랬거든. 처남(특이사항: 별단 군인)을 데려오면 당신네 가족을 태워서 한국으로 데리고 가겠다고 하는데 처남이 올 수 있는 상황이 아니었거든. 그 사람(국정원)이 한국에 와도 뭐가 없으면 힘들 거라고, 차라리 줄이 있으면 미국으로 가라고 했어. (당시 미국으로 보내주겠다는 줄이 있기는 했

으나 알고 보니 썩은 동아줄이었다.)

중국에서도 돈이 있으면 대학에 갈 수 있었어. 그런데 의미가 없잖아, 신분이 확실하지 않은데. 그래서 일단은 한국에 가기로 했어. 브로커랑. 여러 루트가 있었는데 그때 우리는 안정성을 제일 중요시했어. 오는 것도 사실 힘들게 온 건 아니야. 베트남, 캄보디아 거쳐서 왔는데 캄보디아에서 국정원에 연락했거든. 조서 다 쓰고 (태국으로 간 뒤에) 태국에서 한국으로 왔지.

(지금은 어찌 살고 있냐는 질문에) 한국에 왔을 때 국정원에서 자격증을 많이 따라고 그랬어. 나는 북한이랑 비슷할 거라고 생각했지. (북한에서는) 양성교육기관에서 교육을 받으면 바로 자격증이 나오고 취업이 되거든. 학원도 몇 개 다녔어. 자격증도 여러 개 따고. (무슨 자격증을 땄냐는 질문에) 일단 운전면허는 필수고, 보일러 자격증. 그다음에 공조냉동. 공조냉동이 뭐냐면 여름에는 냉장, 겨울에는 보일러, 기계 시스템에 관련된 거거든. 그런 걸 배워서 자격증을 땄어. 전기 자격증도 따려고 했는데 서강대에 취업하면서 중간에 그만뒀거든. (시어머니가 옆에서 소방안전이랑 컴퓨터 자격증도 땄다고 이야기하심.) 컴퓨터도 필수라고 하더라고. 그래서 파워포인트랑 엑셀도 땄어.

자격증만 따면 다 해결되는 줄 알았는데, 자격증 따로 취업 따로야. 얼마나 힘들어. 그때 국정원 사람이 해준 말이 맞았어. 정말 (한국에서) 살기가 만만치 않더라고. 그런데 나는 한국에 온 이유가, 애들을 여기로 데려온 이유가 애들 공부를 위해서잖아. 교육환경이 더 좋은 곳으로 데려가고 싶었어. 미국도 그래서 고민했던 거고. 어쨌든 애들이 적응이 빠르긴 빨라. 중국어도 빨리 배우더라고 환경 적응도 빨리 하고.

내가 여기 와서, 내가 이렇게 말하면 가족들이 어떻게 생각할지 모르겠지만, 나는 여기까지 데려오는 게 정말 중요했어. 여기까지 가족만 데려오면, 여기 오는 날까지…. (가족들을 한국으로 데려가야 한다는 압박감에) 신경이 예민해져서 아직도 잠이 안 와. 처음에 심리상담 받으라고 하기에 나는 그런 게 필요한 사람이 아니라고, 그 정도는 아니라고 그랬거든. 요즘 와서 생각해 보면 심리적 압박이 컸던 게 맞는 것 같아. 밤에 잠도 잘 못 자.

(가족 모두가 한국에 왔고, 이제 자식들 교육도 다 끝냈는데 앞으로 뭘 하고 싶냐고 묻자) 애들만 제대로 되면, 이제 남은 거야 뭐 없지. 젊은 애들처럼 개발하고 연구하는 단계는 지났어. 이제는 나랑 애들 엄마랑 남은 생을 잘 사는 거. 여러

고민 중이고 아직 장담은 못 하겠지만, 퇴직금과 연금을 가지고 어떻게 잘 굴려서 작은 가게라도 하고 싶어. (장사도 힘이 있어야 가능한 거라면서 시어머니가 강력하게 반대했으나 자신이 꿈꾸는 미래를 말할 자유는 누구에게나 있다며 가족들이 시아버지 편을 들어주었다. 물론 발언의 자유가 있다는 거지 진짜로 장사를 해도 된다고 동의한 건 아니다.)

근데 지금 우리가 모르는 직업도 많잖아. 보니까 영국이나 이런 곳은 커피도 만들어주고 그렇대. 노인네가. 시니어 시대야. 지금 우리 사회가 그런 걸 받아들이지 못해서 그런 거지. 그리고 사람이 나이 먹었다고 놀 궁리하면 안 되는 거야. 움직일 수 있으면 움직여야 해. 그게 건강에도 더 좋아.

시어머니 나 진짜 열심히 살았어

나는 애 아빠가 몰래 중국 갔다가 걸렸던 일만 없었으면 한국으로 안 왔어. 중국에 몰래 갔을 때 내가 사전에 알았더라면 무조건 막았을 거야. 더는 그 땅에서 살 수 없게 되니까 애들 데리고 떠난 거지. 북한에 있었을 때도 그렇고 지금도 그렇고 (나는) 사람을 좋아해. 북적거리는 거 좋아하는 성격이야. 북한에서 그렇게 살다가 중국에 갔는데 정말 아무것도 보장이 안 되어 있고, 위험에 노출되니까 너무 후회되는 거야.

그때 나는 북한으로 돌아가겠다고 했어. 혼자 집에 있어도 누구 하나 찾아오는 이가 없고, '○○ 엄마' 하고 불러주는 사람도 없었어. 애들은 또 셋이니까. 중국은 애가 셋인 집이 없잖아. 애들은 한창 놀 때인데 소리도 내면 안 되고, 다른 아이들 학교 갈 때, 우리 애들은 집에 갇혀 있어야 했으니까. 소리도 내지 말라, 장난도 치면 안 된다, 애들한테 조용히 살라고 이야기해야 하니까, 그런 스트레스 때문에 내가 다 못 살겠더라고. 중국에 온 게 너무 후회되었어. 내가 한 번쯤이라도 여기(중국) 와봤으면 절대 안 왔을 거야.

그런데 우리는 대가족이 이동했잖아. 다시 가서 살 수가 없었어. 여기서 살아야 해. 그래도 애들이 제일 중요하잖아. 애들이 무슨 죄가 있어. 애들은 그냥 엄마 아빠 따라서 온 것뿐인데. 잘못되었을 때 애들이 어떻게 될까 봐 기도 못 펴고 살았어.

내가 중국에서 먹고살려고 안 해본 일이 없어. 중국에서 7년 살았잖아. 한국에 와서 생각해 보니까 중국에서 살았던 것처럼 살면 여기서 못 할 것도 없을 것 같더라고. 나 진짜 열심히 살았어. 나는 사실 여기서 일하면서 북한 사람이라고 차별당하는 것도 못 느꼈어. 북한 사람이라고 나를 얕잡아본다는 생각은 해본 적이 없어. 함경북도 사투리 때문에, 내가 말이 좀 투박하니까, 서울 사람들은 부드러운 말투를 쓰잖아. 내 말투가 세니까 나를 무식한 사람이라고 생각하는 건 아닐까, 그럴 때 위축감을 느낀 적은 있지. 그런데 나는 당당히 일했어. 어디 가서 맡은 일은 열심히 했어. 그러면 되는 거지, 내가 왜 북한 사람이라고 위축되면서 살아야 해. 내가 하고 싶은 말은 다 하고 살았어. 한국에 오고 나서는 후회를 한 적이 한 번도 없어.

예전에 대한통운 다닐 때 이런 생각을 했어. 내가 북한에 있을 때 적대교육을 받았잖아. 어렸을 때부터 그런 (남한을 적대시하는) 교육을 많이 받았어. 그런데 놀랍게도 내가 지금 서울에 살고 있잖아. '와, 내가 어떻게 서울에 와서 살지?' 이런 생각이 들었어.

그래도 여기 온 뒤로 애들이 속을 썩이지 않아서, 그게 제일 좋아. 이제 애들은 다 컸잖아. 민이도 그래. 장가가서 애 낳고 잘 사는 거 보니 좋아. 우리 경이(시언니)도 한 번도 속 썩인 적 없거든. 대학교도 잘 졸업했고. 막내가 좀 방황하기는 했지만, 오래 방황하지 않았으니까.

앞으로 바라는 건, 지금도 그렇고, 내가 움직일 수 있는 거. 인생은 두 다리로 걸을 때까지라고 하더라고. 아프지 않고 걸을 수만 있으면, 힘껏 일하면서 살고 싶어. 그렇게 열심히 살면서 애들 잘되는 거 보는 게 내 바람이야. 아프지 않고, 건강관리 잘해야지. 애들한테 짐이 되지 않도록.

언제 서글프냐면, 내 나이가 이제 육십이 넘었잖아. 살아온 날보다 살아갈 날이 더 짧잖아. 그걸 생각하면 좀 서글퍼. 하지만 그게 인생인 걸 어쩌겠어. 경이도 빨리 애 낳고 잘 살았으면 좋겠고, 아이가 자라는 것도 보고 싶어. 앞으로 내가 바라는 건 그게 다야. 자식들이 잘되는 거, 아프지 않은 거, 아파서 엄마보다 먼저 떠나는 일만 없으면 좋겠어.

북한 이주민과 함께 삽니다

초판 1쇄 인쇄 2023년 4월 10일
초판 1쇄 발행 2023년 4월 15일

지은이 김이삭

펴낸이 김명숙
교정 정경임
펴낸곳 나무발전소

주소 03900 서울시 마포구 독막로 8길 31, 701호
이메일 tpowerstation@hanmail.net
전화 02)333-1967
팩스 02)6499-1967

ISBN 979-11-86536-89-6 03810